# 白馬騙徒

陳韋任

# 白馬騙徒

陳韋任

# 一個愛與背叛的燒腦故事，才怪！

鄭秉泓——影評人

除了楔子和尾聲，正文總計二十六個章節，由觀察入微的記者和沈默不語的行動餐車主廚揭開序幕。正當我以為這是講噬血媒體和餐飲文化的職人故事，沒想到下個章節卻轉到飯店，描述旅宿業如何宮鬥，兼談性別歧視。再下一章，情節逐漸明朗，所謂職人職場只是故事背景，在錯綜複雜似假非真的人物與因果關係鏈裡頭，《白馬騙徒》所要勾勒的、所真正在意的究竟是什麼？讀推理小說是為了找到兇手，但有時找到真兇未必就能釐清事實拼出真相。本書作者保溫冰不只讓讀者享受推理的樂趣，而且還要解剖這個無情社會，看顧裡頭的有情人，悲憫他們的所欲所愛，以及無能為力。總而言之，這是一本沒有辦法用一句話、三十字、五十字、或者一百字、三百字，便能抓到其精髓，描繪其具體情節與無窮魅力，情感細膩且格局宏大的作品。

保溫冰是個重度影迷，是那種可以跟人家辯論奧斯卡某屆影后不該是誰、最大遺珠又是誰，興之所至乾脆把前後十年大小遺珠劈哩啪啦全都列出逐一解釋的重度影迷。保溫冰是個文字工作者，他把對電影的愛化為文字，有時是評論，有時是訪談，有時則是文學創作。以前跟保溫冰的接觸，僅止於電影，後來有次應邀與他對談，從檯面上聊到檯面下，從純文學聊到文學獎，甚至看到他密密麻麻的創作筆記，如果電影的保溫冰給我最強烈的印象是執著，那麼文學的保溫冰深深烙印在我記憶裡的便是細膩、沉著，而且複雜隱晦。

讀畢《這是誰的聲音！？》，我以為保溫冰專攻兒少文學，後來擔任某文學獎影視劇本組的評審，成績底定之後才知道得主《鯊人》作者就是保溫冰。原來他也寫劇本啊，而且還是類型風格明確，極度嘲諷而且有點病態的那種黑色電影。所以該怎麼介紹《白馬騙徒》呢？這是相當棘手的難題。用最粗暴簡化的方法，我會說這是一本「台味十足」卻混雜了昆汀．塔倫提諾（Quentin Tarantino）風格的類型小說。

說台味，是因為故事涉及詐騙，大齡熟女尋求外國真命天子的戲碼，臺灣讀者一點也不陌生。至於牽扯到塔倫提諾，是因為「迷影」（Cinephile）情趣。塔倫提諾是重度影迷，發跡前曾在錄影帶出租店工作，非線性敘事、環環相扣的多角色複雜佈局、天外飛來一筆的創意巧思，以及澆不熄遮不掉滅不盡的迷影情趣，是他執導作品的一貫特色。我不確定保溫冰是否在錄影帶店打過工，但我相信他看過的電影絕不會比塔倫提諾少。正是因為如此雜食如此博學，所以保溫冰的類型小說和塔倫提諾的電影一樣，不斷開外掛，讓人腦洞大開，讓我猜不到劇情走向，它的故事就像萬花筒，向左轉向右轉，排列組合不同，炫目燦爛的程度亦有區別。

如果說「類型」是創作者和觀眾的默契，那麼保溫冰就和塔倫提諾，甚至希區考克（Alfred Hitchcock）一樣，《白馬騙徒》拚了命要質疑、要挑釁這個默契。讀到後來，我猛然驚覺保溫冰這麼叛逆，其實更像希區考克。女主角葛夢芳，彷彿剛從希老的《迷魂記》（Vertigo）中走出，無論有無變換髮色，她就是千變萬化，讓人難以一手掌握。保溫冰用他鑽研女演員、女性角色三十餘年的功力，來豐富葛夢芳的內在層次和情緒起伏，如果以早期三立偶像劇說法「這是一個愛與背叛的故事」，用女性主義說法「這本小說所要講述的，是如何找到自己的過程」。保溫冰最不想做的就是掉書袋，但他輕描淡寫，便把葛夢芳的心理狀態寫到像是張愛玲小說中既言情又炎涼，既冷峻又無奈的女主角。《白馬騙徒》裡頭白馬從何而來，白在哪裡，是否風度翩翩，所愛為何？騙了什麼詐了什麼，或者背叛者另有其人？以上好像很重要，但也可能一點都不重要。《白馬騙徒》之所以有趣，在於保溫冰像是蜘蛛吐絲結網，重新定義了愛情、詐騙、兇殺等類型元素，而讀者就像是他的獵物，一旦入迷，便只能牢牢地附著在蜘蛛網，彷彿正在觀賞電影，潛心享受那驚懼又燒腦的銀幕時刻。

# 目錄

# 楔子　手藝

人們來這裡消費，不全為程爾的手藝。

風味餐車外觀比中型巴士稍大，淡系藍漆顯目，裡頭頗壯觀。兩排木質長桌靠窗，景色各異，通風良好，菜單多為少煙輕食，也接受隨興點菜。曾有位客人脫口：「耳根子清靜多了……」程爾一笑。以嫻熟的烹調手勁取代手語，他自有一套訣竅。

宜動宜靜是來這用餐的一大誘因，如果你掌握得了程爾行蹤，這樣一座移動餐廳，不難吸引市民追著它邊解饞邊把城市閱覽一遍。

有什麼比一幅啞廚服務食客的情景更體現人間有情？對《迅週刊》記者葉芝學來說，那更代表報導價值。她當然是常客，來這裡不外乎指定鬆餅、壽司、烤布丁這幾道，快來快去碗盤也好洗。

求知若渴的她，花了好些飯錢，才大抵摸清風味餐車的遊牧週期。週一到週三，餐車是好公民，乖乖停駐公園附近與世無爭的廣場。週四開始，他會順著心情隨機物色據點，有時遠至海港吹吹涼，照例菜單冒出新鮮海味，其後幾天，程爾順著酒水微醺，隨開隨停，一天可換四、五處。

結為好友，她打消了專訪程爾的念頭，再者，她跑社會線不是人文線。芝學謹慎藏好性格中急躁那一面，平均一週一顧，順道贈以最新週刊。不說話，那就多閱讀，她不常對其他生意人這麼示好——她知道，就算不受訪，程爾也極可能是位能在其他方面派上用場的特異份子。

「欸，你知道剛剛窗外那大驚小叫的小姐是誰嗎？」芝學將最後一塊壽司塞個滿嘴，準備付帳走人。

忙修燈泡的程爾分出神來對她搖搖頭。

「她前陣子才上新聞，叫葛夢芳。」不等程爾釋出困惑，芝學得意地繼續說，「她拿了一百萬，去銀行匯給一個紐西蘭——喔不對，愛爾蘭軍官，兩人聊 LINE 愛得如膠似漆。為了今生今世，她豁出去了。」

「結果呢？」程爾臉一側，手比著。

「到夢裡去找結果吧！那詐騙手法，專騙盼不到愛的熟女！」芝學掏錢付帳。

「沒有手機截圖嗎？我想看看軍官的樣子。」

「打消念頭吧，他真面目保證模糊到你流眼油——今天的莓果蛋糕下次還吃得到嗎？」

芝學等了兩秒。「算了。」

看著芝學輕身彈出車廂，程爾擱下手邊事，燈泡滾動半圈，險停桌緣。

接下來半小時沒客人，他埋頭翻找層架下厚厚一疊《迅週刊》，許是手指敏銳，一下子翻到那「洋腸令人徜徉？尋愛睡美人隔海認證虛擬軍官」斗大標題。

芝學用字很跳很聳動，但他沒細讀，兩眼聚精會神盯著葛夢芳照片——那是直播影片截圖，葛夢芳神情在粗糙解析度下，顯得蠻橫又失神。

直視鏡頭的她，雙手懸舉至鼻子高度，左手指著握拳的右手，嘴角微掛笑意。

翻頁。另一張圖由現場好事者翻拍自葛夢芳手機，那 LINE 帳號自稱愛爾蘭軍官的金髮男子，五官模糊難以辨識，一如這紙報導此刻價值好不過一片枯葉。

程爾閉起眼，思量一小時前窗外的夢芳，焦慮著什麼……

# 第一章　不速之客

「剛剛教的，你們可別忘了，沐浴用品怎麼擺放，讓老人家一眼就心花怒放。」Rex領著幾位房務員往長廊盡頭走去，「老人家容易跌倒，清潔用品跟別樓不同款，尤其注意打蠟順序，很不一樣。」

名流飯店七樓樂齡套房，造福銀髮族的觀念走在前端，走廊也格外寬敞。不過，推出兩個月，訂房數差強人意，稍早Rex也說了：「一番好意總是寂寞。」

他故作嫻熟地抓起一支棕刷。

「只有七樓設踢腳板，以防輪椅出入摩擦。光是摩擦也要給老人家尊榮感，一方面又要顧及美觀保養，你可以想像，材質很細緻，當初特地從瑞典進口……」

正當Rex悉心講解——

「嘿！」後面忽來聲音。

三五員工們劃一地將視線往轉角瞥去，發現是房務部經理葛夢芳，全體呆若木雞，沒一個及時回話。

夢芳也不為難他們，「我走囉！大家好好幹。」丟完話她一秒縮身。

這一走，就是走了。

五年來，青春全押在名流飯店的她，單憑一個鼻子、一雙手，練就無可挑剔的效率，再由效率精進為本能，沒她參與，《財富地產》雜誌不會把飯店盛讚成這樣。她能屈能伸，當初孫董迎娶時尚名模歐雪帆，夢芳兼任董娘特助幾個月，便緣於孫董看中她踏實、真懇的一面，後來調任公關經理尤易威特助數週，她不適應，董娘出面解圍，夢芳算爭氣，一路穩扎穩打。一年前，《迅週刊》爆出歐雪帆昔日伴遊八卦，夢芳下班被小報記者堵到，她神態自若那句「你沒看我也想出去走走？」教多位上級另眼看待。

不意外，上流圈打滾過來的歐雪帆，年過四十仍保養有方，其公眾形象不免左右名流飯店風評，這幢樓廈也就順理成章的順著她人氣、人脈，長成現在這個樣子。有人形容：魚幫水、水幫魚，「那這池子還不夠美。」歐雪帆啜完茶，抿抿嘴。

許多人咬定好好一個總統套房突然改裝潢又改名「夜宴」也是歐雪帆主意（不改這怪名字大家還不至於議論紛紛），這未被證實，也不必證實。說直白點，孫董死後財產都是她的。

世事難料，孫董心肌梗塞驟逝不到一個月，夢芳緊接奉上一個大新聞。這下好，她也成紅人，名氣都要蓋過董娘了。可想而知，職涯汗馬功勞，全盤抹殺於好事者捕風捉影的苛刻結論中——怪不了誰，鬧出全民盡知的糗事，就算捲舖蓋走路，異味依舊飄個六哩遠。

從上到下，夢芳沒給大家太多壓力，一切留在她說的那句「好好幹」。

「妳是不是生病了？要不要休息一段時間？」有人小心問候。

「妳哪根筋不對？那麼多錢捧去送別人怎麼不給我？一次丟遍祖宗八代的臉，沒人比妳行！」母親稱讚了沒人比她行。

事發當天，詳情如何，夢芳也說不清前後了。據影片，她板起臉，大擺架子堅持匯款，城牆難擋。數步之遙，有支手機鏡頭對準她，不一下子，蒼蠅眼珠四面八方襲來，還沒走出銀行，夢芳便上了即時新聞，鄉民評價她讀到「這麼有錢不去整形」就不再看了。她甚至不願去回顧這跟「辭職」干係多少，飯店內瀰漫的譏嘲塵粒不知何時才散盡呢。

離開房務部辦公室，夢方湊巧看到新進員工筱薇。

「筱——」她喚了不確定的一聲，怎知對方見到瘟神似的，快快消失樓梯轉角。

沒關係。忙。大家都忙。

也好，夢芳抽口氣。

「夢芳！」返頭看，是清潔領班邱桑。

「喔，邱桑。」

「妳還好嗎？大家都很關心。」

「真的？『大家』是誰？寫得滿一張便利紙？」面對這位平時很照顧自己的長輩，夢芳負面情緒再難壓抑。

「阿峰啊、玟玲啊……」

「貼久了不必一陣風都會掉的！」

「名流飯店妳有多少貢獻，不會一則傳聞就打了折扣！」

「傳聞？我是人，我會生病我有蛀牙，好不容易喘口氣你還當我活在八卦週刊上？」簽完離職單，她自認已越過那條離職的分界線，便放縱聲量，率先示範什麼叫以身不作則。

手握拖把的邱桑眼看沒機會多說，便放軟語氣。「順源在盯貨，妳不跟他道別，他會生氣。」

她不點頭，不搖頭。順源也長大了，自己鬧出這則大笑話，在他心中還會是昔日那個聰慧的大姊姊嗎？呵。

「如果不是妳，我兒子也不會像現在這麼懂事。不久他過十八歲生日，妳一定要過來，聚聚也好。」

「好了，邱桑，我會去的。」

唉，笑容不夠勇敢，她刻意避開上下同事，挑樓梯間往下走。腦際纏繞的不是櫃員、警衛、不是清潔阿姨的臉，她只覺得自己剛把一些圓的、方的共事默契，原封不動交回去。身子輕了，午後暖了。

刻意繞了路，豈料樓梯間飄來一組桌球比數，「哈哈，今天二比三輸給中村，下次一定給他好看。」一身短褲短衫的公關部經理尤易威渾身菸味，手握桌球拍。

她本能閃避，已來不及。

「夢芳！」

「嗯！尤經理。」

「要走啦？」

「透透氣也好。」

「這樣就對了，不管做什麼，後面加句『也好』，太陽就露出臉來了。」

先前便耳聞這兩天駕臨的日本外賓是個體壇國手，尤易威不愧多才多藝，只輸一點，搞不好還放水。難怪他懷內老是胸有成竹地捧著一年前痛宰瑞典好手斯加德而受贈的紅色球拍套。

「真的。也感謝經理這段時間照顧。」

「別這麼說，夢芳。」又一聲夢芳，讓她察覺這是尤易威第一次直喚她名而不以工作職銜。

「我放了一個小禮物在你桌上。」夢芳一笑，「給小不點的。」

「妳——太客氣了。妳走了要是我家小不點問起妳，我都不知道該怎麼跟她解釋咧！」

「小孩子，很快就忘了。」

「董娘去看鑽石了，不然真想邀妳們吃頓飯。」

「嗯。」她虛應著。

「幫我保守秘密。」

「啊？」

尤易威俏皮地將眼珠子轉向二樓置物櫃方向。她知道他意思，卻裝傻。

這V.I.P.置物櫃就落在樓梯口旁，給貴賓方便卻冷清得每天得除塵，飯店明文禁止員工使用。反正從沒誰受懲處，高階主管索性帶頭圖方便。

「真的不要怪自己。」

「我沒怪自己。」

「那就好。」

「我相信安東尼會出現的。」

尤易威兩頰細汗都要結霜了。

相信得太用力，身旁突然空了。騰出的一切空位，有賴安東尼將之填滿。

回到清苑華廈住處，路過守衛室，她手上多出疊信，多半帳單大小，瞄都沒瞄。夢芳甚至懶得揣想守衛是怎麼看自己——這女人晚餐吃什麼呢？不外乎田雞、雞佛這種食物吧？

家門又是嗶了聲。天涼令她打了哆嗦，絆到移位的沙發，她懷疑媽是不是帶著打掃理由颳過這裡。

她兀立。

臨櫃匯款影片早被惡搞多種版本，惟瀏覽量遞減到猶若風一吹才敷衍飄動的電線桿彩旗，這些記號不傷身，卻終身除拭不盡。「那麼多錢捧去送別人怎麼不給我？」這話在媽唇間蓄勢啟動。

速速開了冰箱又關上微波爐，直到秒數跑完她都不確定晚餐是什麼，就這樣暗暗地吃，邊落實養生咀嚼，手機總會亮個幾回。

一心等候一則拯救她的 LINE，一則就好。

精心擺放的檸檬香，築滿這二十坪大的居家空間，存款退潮許多，她一併鬆懈肩擔，每天對著空氣練習自認最美的跳水姿勢，預備迎向不速造訪的王子。

再濃烈的激情都是一點一滴起跳。她無可自拔抓起涼被，摟入懷內共舞……她滑下安東尼俊挺的鼻樑，棲倚他堅毅薄唇，緊抱他臉，指縫是鬍渣。有情人搭著降落傘，一左、一右，飄降下來，世界，愛情，一切，越來越清晰……

**阿芳，大門關了嗎？**

胸口一震——對她來說，驚醒不等於睜眼，這次也不例外——但夢芳明確知道自己左手捂拳在胸，右手環靠枕頭宛如緊拉公車環。問天花板，車要去哪裡？

她不認為有復睡可能。

膀胱滿滿一瓢，她自虐默等尿意衝破極限。

豈料，「喀」一聲，她一抖又隨即平復。

大路直通過去就是外環道路，這地區午夜雜音犯不著庸人自擾，但被這麼一擾亂，體內那瓢尿不理它都不行了。

廁燈一亮，鵝黃光將她包圍。

淅瀝淅瀝，小解完，一秒不差，砰砰，又來了。這回她不動了，是屋內不是屋外。

有人。

她示威地沖了水，起身撩褲猛猛想起稍早用晚餐，眼睛直盯茶几那只倒放的馬克杯。她鮮少倒瀝杯子。

極少。幾乎沒有。

筐啷——

這回更明確，是一種移動，碰撞。想引起她注意。

順著耳畔推理。她掄起怒意，不假思索才放得了膽。

「誰？」

想到可能是媽，她一股作氣推開廁門：「誰！」

乒乒乓乓又是一陣。她倒退兩步。

匆匆望向窗外，倘若她活不過這一夜，安東尼來了怎麼辦？

左顧右盼，她餘光瞥見一個身形袖珍的白衣女鬼踞蹲牆角不遠處——但很快意識到那是披掛淺色抹布的家用瓶沐浴乳。

幾乎確定屋內有人。緊急盤算一下，若不速之客自右方攻擊，她可兩秒內移動到酒櫃抓起水晶球碰運氣砸過去。底座對準頭顱，頂多手傷。

她握拳……

想開燈。擔心誤開了戰。微波爐沒關好，她感受到輕啟的敵意。

「啊——」

黑影倏一下閃過牆邊，叮一聲燈瞬亮——瞇起眼，她認不得屋內猙獰的刺與亮。

# 第二章　尋愛睡美人

程爾下次遇到她，是兩週後了。

下午四點晚餐時段還沒開始，又是順心情停靠的禮拜五，分外鬆懈的他旋著方向盤，繞行社區。人們說他像公路電影的主角，恰恰相反，他不崇尚流浪，乍看駐點不定，實則洞悉城市消費群、消費力，巷弄動線和警車出沒率都歸檔在他默不作聲的腦袋裡。

車內有鏡，他當然自知外人對他第一眼都是好感。不說話不意味無聲只有一種，對顧客來說，啞就是啞，但程爾心底熟捻「啞」與各式菜色、擺盤、烹姿的奇特火花——倘若芝學真想挖寶，程爾的寶藏就是這個。

餐車途經萬林公園，程爾一眼認出長椅上那個粉衣背影。他沒對她雜亂髮絲下任何定見，太陽正要轉紅，誰都可能下完班匆匆上街頭活動筋骨。前駛十來米，程爾側頭看到夢芳對著手機咆哮的側臉，他直覺話筒那端必不友善——適逢紅燈，車停，餐車距離人行道長椅約莫二十米。

程爾撇開眼，扭開收音機，裡頭捎來一則祝融災情實況，他一笑，心想死傷幾何新聞價值可能都比不上一個上銀行匯款給白馬騙徒的尋愛睡美人。

綠燈亮，程爾踩油門的同一傾刻，本能朝後視鏡一望，他傻了——

那誰？一名金髮外國男子，手搭夢芳肩膀，堅挺高鼻幾乎湊緊她髮鬢。

心頭說不可能，但程爾無法將金髮男子跟週刊所示的那名愛爾蘭軍官切分開來。

不行。

他要繞回去。

也顧不得風味餐車浩浩蕩蕩這麼醒目，不甘謎團高懸的程爾右轉打算畫個正方形繞回原處。不管怎樣，解個惑並不違法。好不容易駛回公園，長椅空了出來，程爾定睛一看，發現身著粉色運動衣的女人所以不見蹤影，是因為她身上多出一件藍色外套。

那藍外套不遠樹叢裡若隱若現，應非幹什麼猥褻事，反像達陣的濃情蜜語。

他會換上軍服嗎？

程爾不假思索便將車停至人行道邊一方小空地，重吸口氣跳下車以一點五倍速度張羅一天生意，停成一幅風景向來也算一種便民。

下油，打蛋。他餘光不打算從那對情侶身上挪開。情侶，一定是情侶。不親眼看他換上軍服，程爾是不罷休了。

砰、砰、砰——食客不約而同望向敞著的車門。

敲門的女子不打算進來。程爾走至門邊恭敬迎賓。

「你們怎麼回事，誰把牛肉骰子丟到我身上！」不顧安東尼阻擋，夢芳大亮袖上油漬，食客懶懶轉頭。

「有人邀妳下注！」

「哈哈。」

「進來吧！」程爾手往內一揮，兩手併搓示意有蘇打水。

怒意未消她踉蹌前進，程爾辨識出安東尼以唇形「That's okay」安撫她保持禮節，卻唉一聲撞到車頂緣。往內走，程爾拍拍一位左右各有空椅的運動系平頭男肩膀，示意他挪位子。

夢芳、安東尼坐下靠烹調區的兩個空位，眼前兩杯水。

菜單來了。

「我們沒要吃東西！」

「請點，我招待！」程爾手勢敏快。

安東尼一臉困惑。

「我們點吧。」夢芳對安東尼說。她倒沒對程爾提到的請客表達意見，畢竟不懂手語。

兩人點了一份墨西哥捲，顯然不餓。

也行。

埋頭快切番茄丁，一心把單份捲餅撐大的程爾，嗅得到夢芳既想小心翼翼保護小倆口的存在，又不願那份曬恩愛的日常權利被剝奪。

她怎麼看這輛車？或許飯店出身的夢芳很快會發現烹調空間很小，車門、駕駛座都靠左側用意何在？或許她想藉車體特徵推論車主性格，但想到世人也是這樣對待自己，她想起身快快離開。

程爾斜睨過去，視角不偏不倚瞥見夢芳左顴骨疑似瘀傷的暗紅色塊，偏巧四目交撞，程爾趕緊埋頭繼續調理——豎起耳朵，他努力辨識他倆的交談，又要張羅其他客人無傷大雅的吆喝。

「欸！大廚師，你忙著做國民外交，我的餐點還沒到。」平頭男喊來，烤箱正巧噹一聲，程爾無暇回應。

自討沒趣，平頭男轉向夢芳：「小姐，我好像看過妳。」

「沒有吧。」

平頭男咧起嘴角：「欸，他哪國人？」

「愛爾蘭。」夢芳不為所動，「你呢？」

「我瑞安街人，旁邊有間超市，一大排德國香腸，哈哈。」

程爾豎起耳朵，聽完他們對話，走向通往駕駛座的那扇敞著的木門。

「沒事。」夢芳用英文解除安東尼的困惑。

平頭男看似稍微收斂，喝光果汁，補上一句：「一樣是香腸，各有各的香。」

二話不說，夢芳抓起調味罐，往他手背怒蓋一記。

「噢——」

餐車猝然前駛，原本踉蹌起身的平頭男失穩跌回椅子。車內一陣恐慌。

「啊？」

「我們被擄了？」

「程先生！」有人叫他，「要去哪啊！這啞巴——」

程爾不回答，該說的排氣管都說了。

# 第三章　誰

教大家開了眼界。

程爾先將平頭男載回瑞安街丟下車，再逐一詢問食客住址，城市餐車浩浩蕩蕩分送他們返家，大台北順道遊歷一小圈。小倆口擺最後。不這麼做，他沒辦法知道夢芳住處。天剛好暗透。簡單眼神道別，程爾並未表露積極建交的企圖。

「也好在這怪人聽得懂英語，不然我跟他絕不只雞同鴨講了。」安東尼為今日奇遇下了結論。

兩人回到清苑華廈，扭亮燈，室內幽暗得恰好滿足神秘與激情這兩個選項，但兩人無明確下一步該怎麼做的共識，安東尼拘謹得一如來客，單手安放沙發背，卻女士優先似的不打算坐下來。

夢芳不想顯得過於神經質，藉故整理窗簾、杯盤，她將屋內巡視一遍。

「我先去洗澡，妳也早點休息。」安東尼走向浴室，頭也不回，不意望及一只花瓶。那只強力膠黏補過的粉色花瓶上，斜飛的一痕裂縫也盯著她看。

走向窗，夢芳定睛一看，發現餐車停在對街公園另邊，車燈通明守候著。

還在營業？不會吧。

甩甩頭，才旋身——

嚓。

她立即警戒地往大門縫隙一看，黑影閃掠。

心一悸——有人來了。

趁摻雜男人哼唱的水勢尚未收歇，再度靠近陽台。她求援地望向窗外餐車停駐處，所幸程爾還在忙，一顆心撲通撲通夢芳靜不下來。

急急巡視角落，她打開櫃門，扭亮所有燈，確認每面鏡子內只有自己。

眼看家中垃圾桶空空如也，她將換洗衣物丟入一個全新藍色垃圾袋，胡亂綁緊。換了便鞋，快速開關大門，上鎖，她慎重其事打消坐電梯的主意，沿路按熄所有燈，摸黑下樓。

她不要安東尼出事。

最好什麼都別看到。

快點、快點——有人來了。

安東尼在，這回不能再跟上次一樣。不能再跟上次一樣了……

警察不一定幫得上忙，程爾卻可以。夢芳打好腹稿，避開走前門可能導致的變數。

她沿樓梯間走到地下停車場，左右張望，卻發現鞋底沾上不明黏液，每步吖吖發出咀嚼似的怪聲。

越加速腳步，越像背後有人——

吖吖吖。嗶。

誰？

她按了鐵門，默念「快快快——」

開啟一縫，看到一雙髒污赤腳，夢芳迅速後退，轉頭回跑，速奔至電梯口，發現電梯正下降。

她大感不妙。疾步跑回樓梯間。

沒幾步那隻手已攫獲她頭髮。同一隻！她驚叫失聲，以拔河的力氣往陰暗處移動，髮根痛楚隨尖喊聲撕裂開來。

那隻手——不，那雙手不打算饒她，拳打、撕抓，掐出血塊，再逼她把一切嘔出來。嘔出來，夢芳聞到福馬林味道，還有鮮血斑駁的金屬味，怪物就是這樣被創造出來的——不，我不要！她試著滾動身體，伸手揮舞，終於抓到一個灰泥桶，往那怪物奮砸——

牠倒地痛嚎。

夢芳拔腿跑了幾步，豈料黑暗中躍起人影，撲倒她——

「放過我！救命哪！」

利爪下的夢芳，即將被剁成一堆肉糊。

嗶嗶。鎖車。

彷彿指令，怪物停了手。夢芳奮力朝牠跨間痛頂——沒命地往車道逃奔而去。視線模糊中，她確信鐵門正慢慢闔上，眼前她只需要將自己放倒，對，橫橫的丟出去——

倒臥，傾聽柏油路，夢芳看到亮晃晃兩顆路燈時，只覺得肩頸劇痛猶如刀鋒駛過，她看到兩顆路燈不約而同轉暗，露出藍色車體。

# 第四章　暫不會客

稍早夢芳已用「我不知道」四個字回答了起碼十個問題。鄰床銀髮病患酣睡，家屬忙碌身影停不下來。「不好意思，病房不開放媒體採訪。」門外警官伸頭吆喝媒體。

夢芳卻不得閒，翻個身便看到葉芝學硬是瞞混進來，壓低聲音懇求夢芳多通融她一個問題：「妳知道妳被……妳被吸了嗎？」

夢芳伸手遮蓋肩胛骨，瞇起怒眼。

芝學並非無禮，而是無法更直白地去形容她肩膀的口印。對，口印，不單牙齒，不單嘴唇，新鮮又生猛的一塊大紅印。

「葛夢芳小姐，妳可以聊一下妳匯出的那筆錢跟這場攻擊的關聯嗎？」警員隨時可能進來，芝學不得不壓低聲音。

「記者大人，妳是暗示我買凶攻擊我自己嗎？」

「停車場監視器被動過手腳。」

「我身上也是。」

「警方原地找到穿過的換洗衣物。」

「幫我丟洗衣機。」

「這是證物。」

「那幫我掛急診。」夢芳哭笑不得，「除非妳懷疑那是歹徒攻擊我時我從他身上剝下來的。」

「葛小姐——」

鄰床家屬將百葉窗用力拉緊，嚓一聲打斷芝學。

時近上午十點，大家都需要清靜。

「記者大人，妳口中的葛小姐，是綁著繃帶那一位，還是前陣子鬧笑話上新聞的那一位？如果不把我的傷跟我鬧出的笑話擺在一塊，我會感謝妳——不，你們。」她加重語氣，「你們全部。」

「這樣好了，等妳出院，我再去送水果。」

「柳丁，謝謝。」鄰床家屬背影教夢芳閃神一秒，「反正你們不難找到我，我只想找到午睡時間。別讓我尋尋覓覓。」

叩叩叩，警官開一小縫，立刻逮到芝學：「又是妳！葛小姐在休養，暫不會客！」警官擠出歉意，左手將屏風拉過來遮住病床，右臂將芝學支開。

「幫我想個好標題。」芝學離去前，夢芳及時送她這句。

警員食指朝地面畫出一條界線，「不許越界，我會調監視器。」眾記者暫且安靜，乖乖倚靠走廊。

正當芝學一臉不甘心，抓起手機猛滑，一位胸前輕披病袍的男病友，推著屏風，駝背走出病房。一跛跛，他露出腰背、屁股，察覺病友怒目相視的記者，紛紛旋身迴避。

夢芳自移動的屏風露出半張臉，窺看走廊陣仗——冷不防程爾手肘一撞，要她專心逃命。

兩人在轉角拋下屏風，慌張下樓梯，卻發現大廳幾個攝影記者摩拳擦掌，程爾假裝重病咳嗽以驅散群眾。夢芳還沒從包括「何以啞巴不能言語卻能咳嗽」的千百困惑中回過神來，只能配合攙扶、拍撫——

老天爺，我真是不擅此道……

奔抵醫院地下樓美食區，兩人已穿上程爾預備的廚師圍兜，他拉著她大喇喇闖入自助餐區，加快腳步穿梭鍋爐、流理臺，鬆口氣推開廚房後門，驚險閃過一桶廚餘，迎向上午的太陽。

「妳還好嗎，夢芳？」有人從餐車後方冒出來將她緊緊抱住。

程爾旋即粗暴分開兩人，一前一後塞進副駕座。

程爾滿腹狠話困在緊握方向盤的手上，車速越發焦躁——看安東尼一副瞎擔憂瞎不捨，程爾將他手一次次撥開，不准他碰夢芳。

為了逐一回應安東尼一句句「你有什麼毛病？」（What's the matter with you?）他趁紅燈用力踩剎車，不等安東尼坐穩，程爾拍他額頭，捶他肩膀，胡亂快比：「你？是你打她嗎？」

「不！不是我，我說了幾百次了！我洗完澡沒看到夢芳——」

「你知道一堆攝影機跟上來了嗎？」

「我知道！我們跟他說實話不就好了嗎？」

程爾吁著怒氣，眼看一拳要灌上去。

「我不知道我有那麼見不得人！」安東尼怒視窗外。

程爾深吐一口氣，心想等一下要拿一本書砸這句話。

一會兒，餐車停抵產業道路，程爾怒開車門，抓出《迅週刊》往安東尼臉上丟去。

「這怎麼回事？」

不懂中文的安東尼一臉霧水。

「他是誰？」怒指安東尼鼻子，程爾問夢芳。

夢芳吁了一口氣，不打算再瞞：「安東尼，愛爾蘭軍官，跟你猜的一樣，他到台灣來見我了。」

「不要騙我！」

「你說我騙你嗎？我可以秀 LINE 的對話紀錄給你看，查驗一下是不是同一個！」

程爾掄起拳頭。

「你給我住手！」夢芳奮力擋住他。

混亂中，廚兜掉落，程爾露出病袍。

「你聽我說……鬧上新聞的事，我會慢慢跟他解釋，他照片很模糊，走在路上沒人知道他是誰。」

程爾接下來胡亂比了一堆話，夢芳拼湊一番，才知道他問及安東尼跟攻擊事件的關聯。

「你不會問？去問他！你會比英文手語嗎？」

程爾搶下雜誌，指指圖片，指指安東尼，丟掉雜誌，憤怒比了一段快話。

「你在講什麼鬼啊？我要走了——」

安東尼對新聞事件一無所知，程爾稱得上訝異，但怒火激得他滿腦子錯亂。

抓來一張紙，程爾寫下五個大字。

夢芳看了毫不猶豫給了他一巴掌。

「我不准你罵他！」夢芳指住他鼻子，「你有病嗎？錢我自己賺的，怎麼花我來決定，你湊什麼熱鬧？不營業是不是？不怕客人跑光？」

安東尼局外人似的，搶過來，看不懂。

這老外不知道怎麼對程爾臉上五指印下結論，又覺得該講句話：「老兄，我警告你，我們的事情，不必你管——我跟夢芳——」他順著話環住夢芳肩膀。

「不要碰我！」夢芳一吼，兩人都嚇退一步。

「安東尼，我們還是先保持距離吧。搞不清這些鳥事，我腦子裡外都痛！」

「妳……妳要我走嗎？」

程爾大步上前一手拎住他領子，「你別想走！」

夢芳氣憤地將程爾拉開，再抓起週刊丟他一臉沙：「你在氣飛碟為什麼停這裡？它就是來了！你不信，沒關係，你可以走——我替你攔計程車，你不想看外星人？我想！」

「你們能去哪裡？」程爾擋她去路。

「用不著你管！」

「妳不怕又被攻擊嗎？記者也圍在門外等妳！」

「干你屁事！」夢芳回這句肯定不會錯。

「那個瘋子是要妳死！要、妳、死，妳回家丟了命怎麼辦？對得起警察嗎？對得起這個騙子嗎？」

「讓我走！」她不全懂程爾順著空氣指揮出來的字句，卻鼻酸莫名，「我好累……」

程爾抓扶夢芳，往安東尼懷裡怒摔。

「你們給我站好。」他環胸怒視太陽。

夢芳、安東尼面面相覷。

「我來想辦法。」程爾這句給自己。

# 第五章 注意刀

早就起疑了。醫院外撲空的媒體記者，葉芝學是其中一員，但認出廂型車藍屁股的，恐怕僅她一人。

揣藏這優勢，葉芝學若無其事走入餐車。

「欸，最近有什麼新鮮事？」

程爾抓出一把芹菜，指指沒什麼比它新鮮，又摘下一瓣芹菜葉，別上她耳後。芝學視線投落烹調區隔阻駕駛座那扇門，想起曾經有個人，伸手沿她髮絲，滑至她下頦，細細挑逗。結識程爾以來他從未展露對女人的興趣，現在卻準確揣摩她生平最嫵媚的髮長。她不信餐車現蹤醫院外是巧合。

不過，眼前這位啞巴跟她勢均力敵，長年執業、閱人無數，他餘光敏銳異於常人，芝學亦深知程爾早識破她週末一早光顧必有詭。她沒多問，對一個啞巴，越是逼問，越問不出什麼。

最後，除了最新一期週刊，芝學還送了他一顆木瓜。

週刊翻了幾眼便丟入垃圾桶。從不用塑膠袋的程爾收了攤，只得豎捧木瓜，保持平衡與警覺，默默拐入社區某條暗巷。找門牌似的藉故原地逗留，左右張看留意有沒有人跟蹤，最後，他挑中一扇斑駁大紅門。這公寓破陋而不失魔性，進出者彎彎拐拐，連走路姿勢都順著屋齡顛簸起來。

爬至五樓，快速開關門，速行走廊低頭閃過其他房客，直闖盡頭一間木板隔出的小套房。

木瓜一拋，再掏出過敏藥往安東尼臉上丟，程爾順手問：「夢芳呢？」

「你問夢芳嗎？在浴室。」安東尼鼻子往木瓜湊近，「這是什麼？」

程爾一根手指命他別動。

三坪大小，又是摔不痛的木地板，在這種地方幹架挺沒搞頭。安東尼摸摸鼻子，繼續玩他的拼字遊戲。一派清閒，程爾聞到他身上輕挑的味道，依他看，眼前這老外翩翩氣質，有一條幕前幕後的分際線，精湛切換可比安東尼霍普金斯。

即便如此，昨晚程爾輾轉反側，突來「安東尼一碰水就化身怪物亂攻擊人」的臆測，此刻也顯得異想天開——畢竟這房間寒酸得比什麼都真實。

地板一張簡陋單人床，連床架都沒有，擺明要他們一高一低分開睡。不准有保險套。不是暗示，他老早擺明講，兩人也翻白眼表示配合。不對盤索性少話。一個就當另一個聽不懂英文。

「你抽菸？」程爾皺皺鼻子，怒視安東尼。

安東尼手一攤：「你不也抽嗎？」

程爾順這句話往他撲去。

「喂！幹什麼啊——」

夢芳濕著頭髮走出浴室，看兩男戰得難分難捨，當場傻眼——只見程爾將剛好搜到的菸包往安東尼臉上一丟後氣得起身將散落滿床的菸一根根擰碎。

「房租多少？」夢芳問。

他搖搖頭。

不說算了，夢芳不置可否。「癡傻女遭襲擊又憑空消失於病房」這麼奇幻的題材，記者會放過才怪——嫌犯落網前，去哪裡都不安全，既然不是回清苑華廈的時候，程爾押證件租下這裡，她不會單單用一聲感謝來賴帳。

前幾天程爾把全車客人一一送回家，異國戀侶擺最後——夢芳想想程爾不是瘋瘋癲癲無厘頭的人，反倒心思冷靜、深沉。

反觀歐洲人頭腦簡單多了。屁股從單人床墊移開，安東尼半身靠牆，挪位給夢芳坐，一副共體時艱。程爾瞪視他一舉一動，關於被誰攻擊，夢芳口風越緊，越難冷卻程爾對安東尼的怪罪目光。不巴望安東尼按他吩咐來照顧夢芳，但身為「外人」的程爾光想摸摸她太陽穴傷口便唯恐失態，遑論她肩胛骨的齒痕了。一切還是得靠安東尼。

夢芳拿起水果刀切木瓜，程爾遞上鐵匙。他看出夢芳臉上一陣煩躁，等下勢必要徹底將雙手木瓜味洗淨。再暗暗觀察她替木瓜去籽，一邊猜想她會把第一塊木瓜給誰，一邊揣度她「心甘情願」把一百萬匯給這愛爾蘭無賴的原因。

嚥嚕嚥嚕，夢芳將木瓜大口吃完，鐵匙湯汁泗溢無人收拾。手沒洗，夢芳扭開冰箱上那台七吋小電視，避開新聞，停抵國片台，她咻一聲，那麼巧，正是播了幾千遍的《真愛了不起》。

『別再問我了！我真的不知道該選子謙還是永傑！』

『妳最喜歡的歌是哪一首？』

『如果有一天。』

『想一想，子謙跟永傑哪一個能帶妳靠近這首歌……』

程爾起身——

夢芳舔舔手指，故意叫住他：「你不多留一會兒？等梁靜茹唱完，咱們董娘歐雪帆就要現身了！」

「時間不早了。」程爾匆匆丟出理由。

兩人看不懂程爾意思，勉強看懂他的背影。

約法三章。早上他們高興就去早市幫忙採買，不高興也別賴床。餐車營業時間兩人送餐洗碗換搭伙，不過，一週後程爾不再給吃免費，他想看夢芳從哪提領生活費，更想逼安東尼外出掙錢。為隔除惱人的新聞，夢芳手機被程爾鎖進流理台抽屜，鑰匙她自行保管——天知道程爾多麼想看兩人的LINE

通話內容，但如果順著日子慢慢培養信任感，套出更多真相也是指日可待。

有條界線是他們的共識，這線過陣子會更清晰。一旦管太多，小倆口轉身搞失蹤就前功盡棄了。

客來客往，夢芳堅持不紮馬尾，安東尼一頂鴨舌帽賣萌，沒人起疑。一開始空氣特別清新，像回到學生時代，安東尼又是射手座的，有回，他故意帶回一塊美而美三明治，大模大樣吃起來，程爾順手一把搶走，往窗外丟，不偏不倚為鐵樹提前過耶誕。

只要看到夢芳幹活而安東尼賦閒，程爾就肚子一把火，兩手亂比一通。

「你當什麼男人？不幹活養女人，成天遊手好閒！」安東尼大概讀懂他的意思，然而，「你這個死騙子休想無所事事！」恐怕才是他的本意。

在小倆口眼裡，程爾比手語有如張手握沙，語意不可能原封不動傳達。

然程爾仍有意無意增加特定手語出現的次數與力道，教他倆過目難忘。

比方，食指、中指分開，朝下點動兩次。

「注意！」

左手四指併攏，右手食指朝左指背作勢削皮。

「刀！」

此起彼落的「注意刀！」，久之搞笑驚悚皆宜。偶爾冒出梅酒一杯朦朧掉敵意，一種無厘頭的悠適，逐吋填滿他們生活的夾縫。

「喂！我們應該是一國的，我也想知道哪個混帳打了夢芳。」

「你確定不是你嗎？」程爾拒絕跟他溝通。

他什麼都敏銳，據他觀察，小套房兩人鐵定分開睡。

現下網友碰面後大失所望大有人在，不排除夢芳、安東尼火苗燒不起來索性搞這一齣——還有一種情況程爾想過：安東尼性無能。

**阿芳，還記得那聲音嗎？不記得的話，我可以哼給妳聽……**

安東尼猛然睜眼，渾身不對勁，側轉身子，發現女人黑影跪坐牆邊。

盯著他看。

他驚然坐起，好一會兒才辨認出那是誰。

「夢芳……妳怎麼……」

他想碰她臉，她一縮。

「妳又做惡夢了？」

不死心，趨身上前，才發現她臉頰濕透。

連日來，安撫惡夢驚醒的她，已成安東尼的午夜例行。這些夢一定有來歷。安東尼再溫柔一點，可能誘發夢芳吐露那些過往。也或許不會，無論如何，每個人身上多少都有幾枚來歷不明的傷口。

同床共枕，清清白白。

「還痛嗎？」

這樣問不對。痛的定義很廣，過完一週，瘀腫早消，哪來的痛。

「我真的不知道妳受了那麼多委屈。」他指的當然是週刊報導。但泛潮的房內，委屈二字怎麼定義都成理。外頭偶來不明腳步聲，都得無條件適應。這暫時棲身的寓所，進出多半大學生，誰敢硬闖，都得先驚動身強體健、通訊發達的年輕人。這裡適合她，關燈適合她，昏睡也是。

從碎聲到氣音，安撫了半小時，好不容易，夢芳回到床上，躺平。

「有些事，妳不告訴我沒關係。」

安東尼淡淡嘆了一口氣。

「我等妳。」

黑暗中他攀上棉質床沿，握住她手指。第一時間撈中兩指，他也沒逾矩多握，這是友誼的分寸。

一高一低。凝望天花板同一場電影。

# 第六章　我愛你我愛你我愛你

「其實我不是軍官。」

安東尼說這話時，夢芳當然不在。

下午三點店休，這天大秘密，大搖大擺來到程爾身旁。

心底匆匆衡量萬一這個節骨眼發生衝突，會否驚動他人，程爾冷靜關了水，抓來毛巾，武器似的邊擦邊走向窗桌邊好整以暇的安東尼：「你是誰？」

「你願意拿什麼秘密跟我換？」

程爾瞟了瞟窗外正在接水刷洗摺疊傘的夢芳，後將起司罐往安東尼一推。

「你又是誰？你怎麼證明自己真啞巴？」

眼看程爾正待發作，安東尼識相地開誠布公。

「好，我說。」他語帶神秘，「你知道檢疫隔離嗎？」

程爾點點頭。

「把你關在密閉空間一個月，為了確保你身上沒有傳染病。」

「為什麼要隔離你？」

「當時，我已經跟太太分離很久。」安東尼賣關子停頓一下。

程爾盡可能不牽動表情以免嚇退即將探出頭臉的真相。

「隔著會客室玻璃，我手指觸碰不到她，比誰都焦急。空氣中滿滿醫療氣味，一種比酚味還刺鼻的怪味道，你每天處理餿水一定知道——明明沒有病，簡直被悶出病來——再也受不了，我想逃，我必須逃，但你覺得我逃得過愛爾蘭政府的控制嗎？」

「你的工作是什麼？」

「我——」他深吸口氣，語氣凝重：「我是太空人，當時剛結束月球任務，回到地球。」

愣了一秒程爾陡然衝過去揪住他領子，早一步笑著拔腿就跑的安東尼沒能及時逃出車門——他被撲倒在地，咯咯大笑停不下來，程爾越氣他越樂。

「哈哈哈哈，想不到有人沒看過《登月先鋒》！」

「怎麼打起來了！喂，你們！」奔進車廂，夢芳想分開他們卻不容易，但要她焦急也很難，從程爾抓狂程度來看挺像小打鬧。

愛爾蘭壯丁不是省油的燈，程爾被丟至桌上，瓶罐全倒，偏頭不經意看到窗外葉芝學邊滑手機邊走來，程爾趕緊喊停——

十五秒後（程爾數秒向來很準），當芝學走入餐車，只看到一個老外壓低帽沿看報紙。

「給你看一個東西。」芝學二話不說，秀出手機螢幕。

程爾瞟一眼，反應平淡：「哪來的？」

「想知道嗎？」她向來不誘迫程爾，但這次不行，「給點線索。」

他將起司罐往芝學一推，轉身找抹布，蹙眉瞟了安東尼一眼。

「夢芳上了一輛藍色賊車！」

「答對了，有賊就有賊車，猜猜幾分鐘前誰來了。」比完程爾將菜單遞給芝學。

「你當我很閒哪！」芝學變臉一個怒甩——菜單險險削過安東尼帽尖。

「我花太多時間說服自己那天看到你出現醫院外純屬巧合，直到昨天發現夢芳不單擅自出院，她根本搞失蹤，清苑華廈警衛好久沒看到她了！程小弟弟，我沒那麼笨好嗎？」

「還是該叫你程大英雄？你到底有沒有聽到我的話？我升採訪組長就靠這一條了——」不對，芝學換了語氣，「好，我講件你關心的，攻擊葛夢芳的影片前一小時剛在臉書流傳，嫌犯身手矯捷像隻花豹。」

這下程爾掩不住震驚了。

「想不到吧，現在告訴你，花豹是母的。你想英雄救美是不是？萬一母豹撲過來你能怎樣，三人過著幸福快樂的日子？你想離群索居，先註冊個臉書才對付得了毒蛇猛獸吧？」

「我不知道妳在講什麼。」程爾避視她，無法思考。

「好。」芝學眼一瞇，「那我講個你聽得懂的好了，你的營業登記證在哪裡？稅單呢？信不信我一通電話馬上讓你消失在馬路上。」

話一完——砰！烹調區與駕駛座之間的小隔門被一腳踹開。

小門撞了流理台反彈。芝學第一念頭是長久以來對車體格局的好奇心被解除了，第二念頭還沒浮出她腦袋海平線，便顏面神經失調，嘴巴都合不上。

「果然是妳。」

她意思當然是「果然妳在這裡」，但錯愕中力求鎮定的她只吐得出這四字。

「我上完大號了，記者大人有事嗎？」夢芳藏在腹稿的下一句是：我堂堂一個台北市民，沒有自行決定到哪吃飯的權利嗎？

芝學打算交朋友：「我們點兩杯咖啡坐下聊好嗎？」兩女果然不合拍，芝學丟話給程爾，「拿鐵！」

夢芳使眼色命令程爾別輕舉妄動，「半糖就好。」

「討厭我沒關係，我向來欣賞你們這些假貴族，所以我才投資五千八當貴公司七樓健身房會員，以便收集獨家，掙夠八卦錢看能不能住一晚夜宴套房，那幅號稱數十億的〈鑽石〉blingbling的，閃到我手機都壞了。」

「那我一定害它貶值了。」

「叫董娘歐雪帆重返演藝圈吧，再拖下去連妳的詐騙新聞都要貶值了！」呵，芝學笑，「葛小姐，妳自認信得過一個啞巴？妳知道我只花了多少錢就說服妳媽把清涼照賣給我嗎？」

「出去！」程爾怒指車門。

芝學懶得理他，看夢芳隱隱發抖，芝學立刻察覺「媽」字是她死穴。

「一個匯了一百萬給詐騙集團的智障，逼瘋另外一個粗壯的智障前來施暴尋仇，妳覺得我會變成下一個智障輕易放過這個故事嗎？」

「給我閉嘴！我媽不知跑去哪Ｐ來的圖妳也信，虧妳是記者，看不出她是瘋女人？」

「看得出來，但這不代表什麼。」

「那什麼才代表什麼？」

「妳想觀摩『什麼』嗎？」芝學頭一側，掏出手機，「我讓妳重溫一遍妳跟母花豹玩在一塊的美好時光！」

夢芳怒抓水杯往她臉一潑。

分秒必爭，芝學得意地擦擦臉。

「演連續劇啊？妳在高潮什麼？妳當葛雷哥萊．畢克跟妳姓哪？葛小姐。」

「我……我要報警——我要回家，我根本就沒搞失蹤……」

見夢芳中計，芝學快嘴譏嘲——

「旁邊就有個老外妳要不要順便帶回家？葛小姐，有一個字叫做恥，有兩個字叫羞恥，有三個字叫寡廉鮮恥。還有一百個字叫我愛你我愛你我愛你我愛你我

愛你我愛你我愛你我愛你我愛你我愛你我愛你我愛你我愛你……」

「Fuck you!」

陡然暴跳的安東尼，將鴨舌帽狠摔在地。

三人看看帽子，再提頭看看滿臉脹紅的安東尼。

沒錯。眼前老外，就是穿軍服那個。

「你……」芝學忘了切換成英文。

「妳……妳這婊子！滿嘴大便！」（You—Bitch!Full of shit inside your mouth!）

「妳……妳……」（You...you...）她舌頭打結。

安東尼一秒鐘便適應這個優勢，他不必動怒，只要如法炮製剛剛觀摩夠的記者嘴臉就夠了。

「大記者，妳在語無倫次什麼？都用兩根食指打字嗎？句子零零落落我怎麼接？現在告訴妳，我就是安東尼！」

「我要拍照、我要拍照！」芝學發著抖狂按手機。

「不必拍了，我跟我的愛人光明正大手牽手走出去曬太陽，妳的攝影作品就跟妳人品一樣，一堆狗屎！」說完，他擠擠眉心那撇得天獨厚的凹紋，牽起夢芳的手，沿想像的紅毯走出餐車。

任何女人都會為這個舉動而愛上他（至少他這麼想）。

就這樣？芝學不敢相信第一回合結束了。

「程爾，鬧鬼了！你一定要幫我！」

程爾搖搖頭。

「我知道了，她買了他，請他搭飛機過來陪她演這場戲。」她亢奮莫名，「要不就是他失憶了！跟電視演的一樣！」

「請妳不要把照片散播出去。」

她語無論次：「不，他原本就在台灣！他是職業小狼狗——不對，我想想……」

「否則這就是妳最後一次看到我了。」

芝學腦袋混亂得無法思考他指尖語意。

「啊——」

一陣尖叫傳來。

程爾三步併一步衝出去，不遠處，只見兩人跪坐花園旁，夢芳癱軟在安東尼懷裡，臉色慘白。

「你對她做了什麼？」

安東尼一臉錯愕。

程爾用力搖她。

「夢芳？夢芳？」

他不知道該怎麼用手語比出她名字。

夢芳泡澡。一門之隔，安東尼請程爾先行離開。

「我會照顧她。」英語配上自創手語，安東尼最多做到這樣了。

程爾當然不放心將夢芳交給安東尼，心底卻隱約認清唯有安東尼能讓夢芳好轉。

「請夢芳放心，我跟記者是好朋友，她答應我不會把照片流出去的。」程爾手語速度頗快，安東尼似懂非懂，點點頭。

「你老實說，攻擊夢芳的女人到底是誰？」

消化這段手語，並搞懂後，安東尼朝這啼笑皆非的一天，筋疲力竭地吐出一口長氣，「我若知道那瘋女人是誰，還需要搞得那麼複雜嗎？講幾百次了，當晚我在洗澡，夢芳去倒垃圾，瘋女人冒出來把夢芳打得鼻青臉腫，這就是我們躲到這邊避風頭的原因！這鬼地方放個屁就無處可逃，你以為我愛啊？如果我神通廣大找得到那女鬼你以為我會放過她嗎？你都打不贏我了何況她！盡管放心，我跟你這瘋子的牽連比跟她還多呢！」

「我再問你，你有拍下夢芳穿很少的照片嗎？」

「我——拍來做什麼？打手槍？」安東尼氣到口啞，「大廚師，你有沒有拍過火雞穿很少的照片？下回拔雞毛記得留著過冬！」

這節骨眼兩男再度鬼打牆，不是時候。程爾搖搖頭，走向夢芳晾在電視櫃的胸罩，伸手確認已乾，再胡亂收進衣櫥。

安東尼沒對這行徑多想，想了也無權多問。

輕輕關門。程爾離開後，安東尼往返踱步，決定敲敲廁門。

「夢芳？」

連水聲都沒有。

「夢芳？我可以進去嗎？」

安東尼逕自開門，只見夢芳落魄失神，環抱膝蓋，直勾勾注視前方。眼前大概就一格貓洞大小的磁磚。說細點，磁磚右下角有隻蜻蜓。

夢芳伸手，又打消念頭。

「我可以幫妳擦背嗎？」安東尼小心翼翼。

十秒未答。安東尼輕撩她髮，撥開濕淋淋髮絲，任抓不住的髮梢滑出指縫……定睛一看，安東尼發現她頸後一記拳頭大的蝴蝶刺青，黑色蝶翼張展，乍看似胎記。安東尼想起稍早那片花園，朝那情境添上幾隻飛舞的蜜蜂蝴蝶，一點不難。嘆口氣，他產生聯想而未有結論。

直視這弱女子白淨、光滑的背，安東尼才想到，至今未曾佔有她。不確定能否讓她好過，安東尼忙著讓手幹活以打散浴室內的彆扭皂味，順便證明他毫無非份之想。

至於夢芳心神隨眼中的蜻蜓飛去哪了。說不上是「哪裡」。那像一幅泛黃的壁畫，蝶群集聚一堂來到演唱會，你就算對萬頭鑽動的蝶翼喀嚓按快門，照片依舊3D圖片似的隱隱蠕動，對蝴蝶來說，沒什麼會停下來，就算製成標本，美麗不會結束。

比起多數能力僅及讚嘆蝴蝶真美的大眾，夢芳是極少數辨識得出蝴蝶正面、背面的人，因為這樣，蝴蝶認得她，當蝶群結伴飛來聽她腦際哼唱的歌，時間一到，牠們紛紛轉身一百八十度，露出正面蝶翼，紫色、紅色，數不清的燦爛蝶翼，紛紛睜開了眼睛。

Flying slowly as we made.

眨呀眨，眨呀眨。

「夢芳、夢芳。」

她被愛爾蘭口音喚回現實世界。

「你到底是誰？」她瞪向安東尼。

微怔的安東尼，被夢芳無畏的胸脯瞪到不知所措：「我可以尿尿嗎？」說完，他逕自解開褲襠，尿不出來。有些困窘。

夢芳不追問了。面無表情盯著他下半身淅瀝淅瀝。

# 第七章　親人死掉鬼

排水孔塞不靈光。水漏光後，夢芳離開浴缸，消沉太久不是辦法。溼答答滴出一條水路，全裸穿越房間也不是為了報答前幾天安東尼露雞雞。她疲憊地打開衣櫃，找件薄紗披上就換上一層新身分似的。

猶豫該不該關燈。夢芳輕息地靠近床邊，本以為安東尼蜷起身子面牆而眠，慢慢，不明啜泣爬入耳畔。她才發現，安東尼哭了。

小男孩似的，絲狀的、柔軟的，微弱得教她無力辨識真偽——那本是她極缺乏的能力。

她拿起那支稍早安東尼交給她表示程爾吩咐有什麼電話想打可以打的手機。

一開機起碼掠過八百封訊息，她全數忽略，並猜想其中一封八成是邱桑氣憤質問她竟沒赴他兒子生日派對。

她很累，一顆心累到報以無奈的氣力都沒有。

「安東尼，醒醒，安東尼。」

來玩遊戲。

夢芳勇敢笑笑說要跟他玩聽聲辨字APP。

心底其實愧疚前幾天那樣質問他，她心事更多，面對任何人這樣質問她也不見得願意回答。不過，她也因此見識了安東尼為一點小疙瘩不舒服好幾天的那一面。來自愛爾蘭的五官稜角，日光燈一照，陰影特別多。

想到白天安東尼藏起異狀，面對食客開朗如常。基於感謝眼前男人的善解人意，她必須勇敢、振作起來。就算他是假的，她也要感謝他願意假裝世界有多美好。

起床了，安東尼。她搖他對他說。

安東尼翻個身，遊戲便能進行。

小男孩坐起來，揉眼擋淚，佯裝剛醒。

抓來一張廣告紙當考題。她要他跟著唸。

「彈牙緊實。」

「**看牙幾次**」

「柴魚鍋。」

「**台語歌**」

「養蟹達人。」

「**感謝打人**」

一如小孩投籃百次也會中一次。誤打誤撞飆出一個標準發音，五字全對。這下子笑來了，興致來了，夢芳抓一本打發時間用的翻譯小說，攔腰一翻。

「竟如此弔詭」，安東尼講完，手機螢幕冒出：「**親人死掉鬼**」。

夢芳趕緊結束遊戲，留他一臉困惑，「我做錯什麼嗎？」

她手對他臉表示：沒事。

對他眼皮表示：睡吧。

就這樣躺平，任其擺佈。如果她願意做更多，他還有滿滿一卡車的順從。

去年爆出立委揪團在飯店開趴，賈市長說過：「再這樣下去，連名流飯店都不名流了。」

芝學傾向將之定義為賈市長「說過」，而非賈市長「失言」。幹了記者多年，她看過太多受訪者忽略他人的付出，盡往自己臉上貼金——她不傾向解讀為狂妄自傲、選擇性失憶或右腦失修，不過就順著柔美光線挑了話講。

名流飯店的公關經理尤易威不一樣，他面面俱到又不過於圓滑，據說是個投資達人，期貨、股票一把罩。更討芝學好感的是，一開口，CP值不是普通的高，舉個例：

「基本上您一走進大廳，名流飯店誠摯奉上圖解，您的指教，您的回饋，名流團隊句句納入來日進步提升的方針。請放心鑑賞每寸空間，空間、感受、回饋，三者密不可分。」

芝學欣賞得體帶癢的話術，尤經理句句絲滑順口，教人等不及一探十二樓夜宴總統套房真貌。可惜還在整修，照官網訊息，近期總統套房將重新開幕，依芝學看，可能只是為了洗掉「葛夢芳」這關鍵字。

以上印象都是她從《熱卦追蹤》人物特輯讀來的印象（換做她不會寫得這麼文情並茂），董事長夫人歐雪帆並未真鬧出什麼誹聞，只是當初她嫁給孫董，外界清一色看衰，拜金標籤一打鹽酸都刷不掉。歐雪帆身後那一大幢飯店建築布景，可說接續其生涯餘暉，教她從此難被遺忘。

名流飯店風風雨雨，從拜金到詐騙，戲碼應有盡有活像一幢百老匯，越浮誇越亮麗，有人在意真相還原度才有鬼。

芝學遵守給程爾的諾言，幾天始終沒對外透露她在風味餐車目睹什麼鬧劇，但她耐得住癢，懂得見機行事，輾轉反側了幾天，她來到名流飯店卸貨區——它位於這獨棟建築的左側——說此處市中心不真切，名流消費重鎮才差不多，服飾精品酒吧破土圍起的生活品味，鬧出夢芳新聞後，周圍店家燈光益發爍亮。

「夢芳這個女孩就是傻。」

芝學其實不太想浪費時間聽邱桑唏噓一堆廢話。

「夢芳媽說，還有一個不知名的仰慕者，常送奇怪東西給她。」

「她怎麼知道是仰慕者？」

「她媽堅稱那是夢芳不會買的奢侈品。她說『化成灰我都認得出那不是阿芳捨得花錢買的香水』，雖然我是聽不出化成灰的必要——」

芝學無厘頭的諧仿顯已超出邱桑理解範圍，他略略消化，給一個難出錯的結論：「她媽說的話能信嗎？她就是個神經病、勢利鬼。」

「看得出來。」她心想邱桑廢話越來越多了。

「唉。」忙裡偷閒，邱桑這口氣倒是嘆得優閒，「銀行的事情爆發以前，每天都感覺得到，夢芳整個不尋常，問她也不說，那時候孫董突然過世，我們就當她單純心情不好，誰知道她忙著籌錢送小狼狗。」

邱桑說到這，芝學不禁想到安東尼憤然丟下的鴨舌帽，附近應該有賣。

「就算不是狼狗，夢芳狀況也不佳。」芝學直言。

「不佳？」

「一個對著直播鏡頭擺奇怪手勢的女人，只會讓大家覺得瘋人院大門沒關好。」

經芝學這麼一說，邱桑停下嘴，思忖著怎麼替夢芳開脫。

儘管芝學打從心裡認為那姿勢顯露一種說不上的挑釁……左手食指指著右拳，右拳說不定藏著什麼。

左右張望，順著記者嗅感，芝學往卸貨口深處看去，遠處壁掛打卡櫃，盤桓喀喀作響的秩序迴音，此處為基層員工上下班集散地，倘若邊聊邊往內移動，說不定能挖出點什麼。

「讓我知道那騙子是誰，我一定會殺了他。你們當記者的這麼厲害一定要想辦法把那隻狼狗揪出來！」

「『揪』是個高級動詞，狼跟狗都用不上！」看著搬運工熟練地疊高紙箱，她稍微跳開一步。「對了，我想問一個人。」

猶豫一秒，將餐車當天拍下的安東尼秀給邱桑看。

她語氣放淡盡量不讓邱桑產生聯想，小惡魔卻說讓他多想無妨。

「這誰？」只消半秒邱桑立刻恍然，「那死王八蛋！夢芳被他害慘了——」

「他也可能是受害者，被冒用照片。」

「不管怎樣，都是王八蛋。」

看來邱桑對此人一無所知。芝學聳聳肩，朝上看，樓身險峻大可讓阿湯哥再出一次任務，視線概略從最高處往下畫了個拋物線，立刻碎屍十二樓夜宴套房陽台的空中花園，難怪夢芳再想不開也不敢發揮創意。

「妳有夢芳消息嗎？」

「我知道還要來找你？」芝學故意沒頭沒腦問道，「孫董死沒多久，夫人就趕著飛出國？哪裡風景這麼美——」

話未完，接待組長Rex快步走來：「邱桑，你跑哪去？二樓男廁有人吐了！」

「等我一下！我去去就回。」

「Rex，好久不見。」

Rex禮貌性對芝學點頭，便轉身離去，這訪客想捅飯店哪個穴道，Rex不是沒耳聞。

眼看Rex走入大廳，芝學擠出一張微笑，尾隨混入大廳，最後佇足〈鑽石〉旁，煞有其事欣賞著。

原木雕框，洛可可畫風，窗簾般掛放巴洛克氣勢壁面，儼然重現十八世紀法國那一場雙派藝術鬥艷。

輕闔眼睛，芝學享受名畫近在眼前。框內藍的漸層，此時此刻包圍，也慢慢融解她。她依稀記得新聞對此畫的描述。

〈鑽石〉乃近年竄起的旅澳美國畫家伊恩菲利浦手筆。一幅仿洛可可畫風的名作，評論家普遍同意更像一面窗景。它看似線條輕快的呈現一大幅海陸景致，海洋邊是座不尋常的樹園，人們渺小似蟻的身影穿梭於扶疏樹影間，這幅畫的主角不是人，但它自有一股說不上的人味。由近至遠是樹葉、樹林、海洋、天空，藍綠橘暈染出的天際線幾乎凌越了畫框，旁側一幢洛可可古典建築以調配色塊均衡。套句專家的話，用綠的筆觸來做出藍與橘的矛盾，遠方似黃昏，近處為正午，諸如：「我看見歲月縮影。」、「日暮盡現鑽石鋒芒」、「柔中帶硬……」這些溢美之詞，助長畫價逐年飆漲。

「入迷了嗎？」聲音回來了。

「這畫很鋪張，不愧是〈鑽石〉。」

「多呼吸幾口。夜宴總統套房一剪綵，妳我就沒機會賞畫了。」

「富人獨享的概念。」芝學一笑，看Rex頗無奈，她快速換話題，「邱桑他說順源這孩子高職沒畢業就來這裡打工，洗盤子耐不住久站，當接待又談吐不得體。」憑直覺，順源必是Rex眼中頭痛人物。

「順源這個孩子，要學的還很多。」Rex上鉤了，「公司制度很健全，我們會教。上級沒授權我的，我一句都不多嘴。」

Rex實際年紀也大順源不到十歲，說話這麼老成，制服聞得出砸重本狠狠漿過，綜觀外表活脫是同輩眼中釘標準款——他眼裡，想必也牢牢扎了一根。

「欸，你有沒有聽說過，誰跟葛小姐有仇的？」

「人來人往，擦個肩結仇都很正常。」Rex佯裝觀察街況，掩飾對這話題的興趣。

「到底是誰把葛小姐弄走的？總有傳言吧？」

「我進名流才兩年，資深員工梁子都結得差不多。傳言來到我這兒早過期了。」

芝學技巧性保持沉默與耐心：「不過，我印象很深是，有次大合照，葛經理刻意挪換位子，明顯不想站尤經理旁邊。」

「所以——？」

「兩人有仇？」

「呵，照記者邏輯，有曖昧比較好寫。」Rex順著說下去，「狗仔進進出出，葛經理休息一下不是壞事。我很忙，飯店又不巧沒設徵信部。」

「加LINE總可以吧？」她不死心。

「我陪妳走出去？」

「好。」

「不好意思打擾妳吹冷氣。」

「走慢一點，尤經理盯著我們呢。」她眼角朝櫃台使了使。「我跟他打聲招呼。」

「妳別鬧。」

兩人出了大廳，「——說人人到。喂！順源！」Rex技巧拋下芝學。

Rex走向花圃前一個高魁屁孩，芝學才認出那是先前見過一面的順源。

芝學不湊熱鬧，豎起耳朵遠觀其互動，漏聽也無妨。

「怎麼啦？順源，做得還好吧？」Rex拍拍順源肩膀。

或許順源認為他的職階、歷練或嘴臉還不夠格拍他肩膀，只咚一聲剝開可樂拉環。

「多用點心，月底發獎金給大家。」

「獎金你在發？」

「我可以跟尤經理多講些你們好話。」

「好話？對誰好的話？」

前方床單推車陣仗迎來，芝學剛好找縫藏身，再趁機溜進卸貨區入口。眾基層員工來來去去、摩肩擦踵，沒人起疑她的闖入，撲鼻而來是濃重紙味、周遭燈管刺亮卻嚴重光線不足。

幾近難以抗拒，她走至插滿卡片的打卡架，兩排插足五十張紙卡，高處為監視螢幕——芝學清楚看到自己身影，卻竊喜於沒人介意她的駐足。

置身這個光線偏暗的基層員工集散地，芝學想起夢芳母親那滿口黃牙而出的一串話。那嘴臉粗鄙的女人，出口對親生女兒毫不留情的詛咒，或許不必盡信，但透過她這局外人，至少梳理出了一條可信的時間軸。

夢芳剛畢業便進入百貨業任職櫃姐，據母親所言，百貨公司總是真命天子來來往往，夢芳也向來不缺追求者。後來有段時間，她真不知道自己女兒在糾結什麼，眼神莫名渙散、飄忽，連做母親的也看不出這個女兒是生病還中邪，偶爾她去跑去找女兒要錢，看到女兒有個閨密，兩人神神秘秘的。

「一看就知道不是什麼好東西。」她眼底出得了好東西嗎？

後來夢芳還不告而別跟閨密跑了一趟澳洲，回來整個人瘦了一大圈，眼袋塗上兩層綠油精也打不起精神。她替女兒戴上尾戒，閨密從此消失無蹤。不過，就像膝蓋擦傷一樣，病總是會好。夢芳病癒後，打起精神，一腳踏入名流飯店從基層客服幹起，勤奮踏實的她倒也一路攀上房務經理的高位。

後來的事，全世界都知道了。「我這個女兒就是頭殼壞掉，小時候撞到頭沒及時送廠維修。」如果夢芳願意放下身段再回去當櫃姐，她懇請葉大記者大力報導表揚。

就在這時，芝學望及卸貨內暗處橫放的不明金屬管。微曲的管形，並不常見，她一時也猜不出用途是什麼，只直覺跟火警、逃生有關，否則管身無須寬到足容一個成年人鑽過。

不想空手而返，芝學索性上七樓健身房跑步半小時，準備驅車離開時，邱桑追到地下停車場，拍打車窗攔住她。

「我那個兒子，會出人頭地的。」

就只為了講這句話？

「別再找夢芳她媽了，她只會壞事，有問題來問我。」

「幫我個忙。給我近期飯店離職員工名單，最好附聯絡方式。」

「沒問題。」

芝學發動引擎，張頭有點分不清出口方向。

「爸爸是不會輸的。」邱桑補上一句才走。

芝學目送。停頓一下，想起剛才櫃台邊臉色深沉的尤易威。

# 第八章　全鵝

這事得從程爾自市場買回那隻全鵝說起。肥鵝蜷彎頸子躺臥冰箱，激起了安東尼對家鄉味的想念，他用一個愛爾蘭典故說服程爾分出半隻讓他做一天的愛爾蘭烤鵝。程爾大方奉上全鵝後當晚立即後悔，發酵醬汁燻得冰箱甜點都變味，程爾一氣之下擅自將全鵝對切，塞入冷凍庫。隔天安東尼大呼工序已亂，歐風料理告吹，看到程爾將鵝肉切片做拉麵，安東尼氣到搜出鍋具烤架，決心用一日外燴來證明廚藝，豈料天公不做美，顧客全躲入餐車等雨停，徒留安東尼一人涼亭下乾瞪眼，剩食一堆。自知理虧的程爾，決定大開菸戒，三個手勢就完成「哪個男人不抽菸」的示好步驟——而安東尼竟臭臉婉拒了他的好意。

隔天，提拉米蘇還沒吃完，程爾鏟了一顆檸檬塔，砸扁在安東尼盤裡。

安東尼當然耳聞過這招是某歐洲廚師誤打誤撞摔出的名菜，但〈摔壞的檸檬塔〉這道菜廚師理應不會當面捧給顧客看。

表明顧客也壞了。

有需要那麼粗暴嗎？他心底咕噥著。

「你怎麼不多吃一點？」洗著碗，安東尼心想該怎麼跟程爾化解僵局。

不，換一句好了，「我們一起去尿尿，比比看誰的大。」

也不好。最後，擺妥杯盤，安東尼決定打開冰箱，走至窗邊塞一塊冰糖堵住程爾嘴巴，自己也含了一塊。

「這有益健康。」他亂比，但程爾看懂了。

「那夢芳呢？」程爾沒料到突然被餵，失措問道。

「女生不用吃。」

「為什麼？」程爾追問。

安東尼空氣中鬼畫符給一個解釋，結束話題。

一旦私下跟程爾多聊，「你騙來的錢用在哪裡？」、「我不能說。」這對答又要啟動鬼打牆模式。

據安東尼觀察——長待車內，程爾的世界就是窗外，不管守望或欣賞都同雙眼睛，這是觀察夢芳的好理由。他甚至懷疑程爾將他倆餵得飽飽，就是為了倚窗欣賞兩人餐後消肚運動。所以車外的安東尼常調皮地猛猛瞪望車窗，逼程爾尷尬轉眼。

程爾有時上當，有時起身走人。不過，前些日程爾發現冰箱門角多出一張小熊貼紙，當即怒目瞟向安東尼，卻沒逼問是誰闖的禍。

呵。

安東尼的結論簡單明瞭：當程爾看到夢芳不斷對這來自愛爾蘭的老外釋出好意，久之心中難免不平衡。

兩個男人，對她而言都算新朋友，這麼說沒錯吧？三人相處時間越長，「她他／她他」結識的起始點也就越不分先後。她與安東尼同床共枕的天經地義，卻立基於一個不尋常的造訪。這不科學。

他打從心底希望夢芳不愛我……想到這裡，安東尼把笑憋住。望向夢芳，發現她托腮車窗，視線遺失於不知名遠方。

夜裡，衝出餐車，夢芳跌了跤，酸液瞬間湧出體外。

好不容易支起上身，胃酸摻入青草味。費了一番氣力她才站直身子——恍然身旁有人，她一怔。

「妳怎麼了？」

他根本沒睡。夢芳被胃酸附了神，怒瞪程爾，又不知找何名目來怪罪他。

「又做惡夢嗎？」

「安東尼告訴你我會做惡夢嗎？」

「我只是關心妳，才希望妳別回公寓睡。」

「是啊！方便嘔吐！還是你覺得睡平地至少不會夢見墜樓？」

聳聳肩，他打趣看她生氣。男人該做的事他不能不學著做。

一打烊，程爾待他們有如貴客臨門。幾回把酒言歡索性夜宿餐車，兩男打呼聲一頭一尾，迴盪成一首交響樂，「哈啾！」程爾將連帽上衣丟給安東尼，安東尼一穿活脫像英國塗鴉怪客班克斯，他耍帥甩身不慎撞落書架一本《都柏林人》卻渾然未覺。原來愛爾蘭騙子沒讀過喬伊斯只會打噴嚏，程爾笑了。

他們一來，餐車放晴。

「如果你們不介意多一個朋友。」

程爾眼神越是深邃，夢芳就越發失措，心急發火。

「得了吧！你以為你瞞得過我嗎？」那回她竟脫口而出：「你根本想看我們睡覺的樣子像不像做過愛！」

程爾照例緘默。

另一回，她將眉頭揪成一隻貓頭鷹：「程爾，我真的很好奇，你到底多想證明我不愛他？」

「我更想知道是什麼把妳變成這樣，一旦知道，我不會饒過他們。」這是程爾真心話，可是就算他流利以手表達，她也不可能全然意會。

就這樣，他的無話可說，使她稍佔上風。她逮住機會緊盯他眼球，不讓它們輕舉妄動。這是近日練就的功夫。她不知情是，過去一週，他有意無意靠近她。有意無意彎身撿拾鍋鏟，手不經意拂掠她膝蓋。透過觸碰，對她體膚衍生非手語的闡釋。夢芳肩膀、腰腹、腳踝，總有些積累已久的話語，會不小心透露給他的手知道。

一定有。

儘管戀愛經驗極度匱乏，然仗著一股奇異直覺，他直挺挺佇立這裡。面對面，迎戰她的敵意。天知道這對自卑者而言已屬勇敢。

「沒別的事？我要去睡了。」

程爾揚手阻止她。

「有朋友告訴我，妳坐在國父紀念館對面路易莎靠窗位子。」

「你派人跟蹤我？」

「光復國小一放學，妳往外跑，攔下一個小女生。」

「我鬧出那麼大一個笑話，公關經理擔心我又在外出亂，他大忙人，我跟他女兒報平安，不為過吧？——葉芝學是嗎？你們這些人不纏著我就會好奇心到噎死？」

「只要妳找個正派的對象，沒什麼出不出亂的問題。」

「天哪！」夢芳捧住頭，「問題不是我愛誰，而是我為什麼不能愛他？遇見白馬王子，從零開始不行嗎？一個女人耍笨礙到誰？」

「就算妳決定愛他，我也要妳發自內心去愛！」

夢芳累到假裝看不懂他的意思。「程爾，我已經不想追究你在晚餐裡加了什麼害我吐！我很累！」

見他沒反應，她拉高嗓門，「聽到沒？我很累了！一個人要走歪多少路才能把自己搞到這種田地？」

「我只是想多了解妳。」

「了解我？你又是誰？什麼資格？你啞巴是不是裝的？在你眼中，我連做個聰明女人的權利都沒有！」她退開一步，閃避迎上來的他：「我為什麼要聽從你擺佈？如果你跟那些噬血混帳沒有兩樣，我回清苑華廈舒舒服服躺下等酷斯拉過來把我吃掉也不會比較難過。」

「為什麼連攻擊妳的人是誰都不能說？妳身上的疤痕又是怎麼來的？」

**阿芳，可以的，妳一定可以的**。

夢芳摀住耳朵——

「不要再說了！你們都好得超過朋友。有些事，你們知道得越少越好，那遠比你們想像還危險，一腳踩入就無法抽身了。」

「到底什麼事？我們可以保護妳！」程爾手越來越快。

「我跟安東尼在一起，不是因為我愛他，而是因為我發現全世界我只信得過他了！跟一個騙走我一百萬的人同床共枕都沒事，你還能說他不是幸運物嗎？」

「那我不值得信任嗎？妳剛剛還說我是朋友……」

程爾此話一出，夢芳怒而衝上駕駛座，翻出自己的手機，扭亮並遞給程爾。

「拿去，開機了，拿去，我信任你！」

程爾看看手機，看看她，光源照亮他臉。

「這樣好了！」夢芳索性將手機往遠處草叢一丟。「程爾，我把手機丟了！與外界隔絕，你覺得這種信任表達得徹不徹底？」

程爾失措，不知該怎麼表達想法。

「如果你覺得我不信任你，那你把我帶來這裡，又是為了什麼？解決我的問題？也解決你的問題？兩個宇宙無敵大問號加在一塊才能天長地久？」

說完夢芳轉身，被一把攔下。

「讓我走。」

蟬與蟋蟀爭鳴不休。直到不意瞥見車窗邊安東尼望著他倆，程爾才鬆放力氣。

# 第九章　來自他方

這個下午，歇腳近郊高爾夫球場隱蔽的灌木叢後方。

他們不知道的是，風味餐車最近上了美食部落客網頁，被大推的起因竟是安東尼想換換家鄉口味，隨手做了盤 Irish breakfast，未料旁客說他也要，道地香味越飄越遠。程爾因此升級安東尼充當烹調助手，罰他戴廚師帽。忙碌的餐車主廚雙手難得停下、叉腰，越來越像一個導師，有時沾滿麵粉邊比手語叮囑洋徒弟，差點引發噴嚏。

無怪這個下午需要好好休息，什麼都不做。

除了安東尼亂比一通。

「他比什麼？」程爾問夢芳。

「他自創手語。你猜，這是我們私下發明的。」夢芳答完話，又埋頭看報紙。

程爾有點不是滋味。

「你們在講我壞話？」聽到中文安東尼不免起疑。

程爾又好過多了。

「沒事，你很帥。」中英切來換去夢芳挺享受。

安東尼任性地瞪她一眼。

夢芳反瞪，加上一個手勢。

安東尼還以顏色。

「你們在比什麼？」程爾頭昏腦脹。

「我在罵他，這老外不學中文，來台灣騙吃騙喝。」夢芳解釋。

「我很確定你們在講我壞話！」安東尼莫可奈何。

「換妳去買酒了。」程爾大樂，將夢芳支開。

「為什麼是我？」

「因為妳是個神秘的女人，從來不透露自己喝什麼。」程爾慢條斯理比著。

「你剛剛比什麼？」夢芳一頭霧水。

「他說妳是個難懂的女人。」安東尼居然猜出她中文講什麼，搶答成功。

三人凍結原地。

空氣中懸掛一個奇怪結論：愛爾蘭人ＩＱ最高。

眼看夢芳走遠，兩個大男孩交換眼神，原地彈跳起來展開行動——程爾從高處收納櫃，抓出一團冬眠乍醒的彩帶，一大坨燈飾，不外乎過往客人辦趴所剩。安東尼拉出了愛爾蘭國旗、愛爾蘭裙，不斷拿橙、白、綠三種顏色將車內填滿，晚上打算大秀舞技。這個餘興節目程爾原先有些介意，但想想，自家餐車也無寶可獻。反而「歡迎來到愛爾蘭」這種歡鬧主題益發凸顯兩人之間感情顯無進展。

「太熱了，我開一下天窗。」

好在蛋糕藏得好，光想到兩人說好絕口不問夢芳年紀，就夠他莫名亢奮好幾天。

前奏音樂透過敞開的木門傳來，伸頭看見安東尼半個主人似的逕自將駕駛座收音機打開，程爾心中五味雜陳。

**言不由衷　言不由衷**

**當唯美的祝福都不能**

**闔上愛的善變**

「歌詞是什麼意思？」安東尼問。

徐佳瑩演唱的〈言不由衷〉程爾當然聽過，他以簡單手語比劃這是一首對愛失去信任的歌，而刻意不解釋歌名四字含義。

「快下雨了。」

地上多出一滴不尋常的水，安東尼仰頭一探天空。

咚！

那什麼聲音？

程爾低頭看到一根箭險險插在安東尼腳踝邊，沒多猶豫他便上前撲倒安東尼。一人一邊滾到桌底下，程爾露出半顆頭，斜望上去，天窗呈一片菱形視角。車頂上一雙牛仔褲筒踱了一圈，末了蹲低，將十字弓伸入車內，尋找下一個發箭時機。

「他媽的發生什麼事了！」

**願你永遠安康　願你永遠懂得　飛翔**

程爾食指抵住嘴唇，示意他別講話。

咚，第二根箭射穿了木椅，清脆痛快。

Fuck you!

**而懂溫暖來自何方**

**我如此堅強**

牙一咬，程爾快手攻佔桌沿，抓下刀叉朝天窗擲去。

車頂那雙腳隨之踉蹌一下。程爾豎起耳朵——是球鞋。

程爾迅手抓起椅子做掩護，衝向流理台。

第三支箭斜斜飛入，咚一聲驚險掃過安東尼太陽穴，幾撮髮絲被釘上牆。

程爾屏住氣再抓起一把餐椅，使勁全力往上天窗捅去——椅腳恰恰卡住天窗，車頂腳步踉蹌幾聲，又趨於平靜。

餐椅就這樣上吊般倒掛，微晃，程爾觀測了一下，才起身——箭從駕駛座倏地飛來，咻一聲險險劃越耳畔，結結實實釘牢餐區後窗櫺。

一個跨步冒命將駕座方向木門摔上，程爾旋身暴衝往外追。

那是安東尼第一次聽到程爾怒吼。

怦怦，怦怦，怦怦……

命是撿回來了。

**愛的初衷　顧念愛的初衷**

**不變的還是我對愛的愚勇**

深吸口氣，安東尼驚魂甫定站起，才發現程爾不知何時順腳踢了椅子保護他。

回想那幾秒，他感受到歌詞裡有個新娘繞車而舞。

歌還沒完，夢芳興高采烈提著啤酒出現車門邊，看看窗邊底盤朝天的蛋糕，傻在原地。安東尼立刻將她撲倒。

「怎麼了？」

當趴臥地板的夢芳望及那根破土竄起的箭，她再也忍不住，淚水撲簌簌滴落下來。

**阿芳，我又來了……**

哽咽淹上她喉嚨：「程爾呢？他還安全嗎？」

「他去追兇手了！」

「啊！你怎麼可以讓他一個人去？」

「你趴下！兇手可能還沒走——」

「我不管了！我要去，人家要的是我的命！」

「妳給我站住！」

「我不想連累你們！」

「好！那我們一起死！」安東尼抓起她一起挺直身子。

**願你真的愛一個人　某個人　那個人**

夢芳意識到自己哪兒都不能去，只能帶淚顫抖。

「為什麼要對我那麼好。」

「妳少臭美，我不是對妳好，生日派對是程爾策劃的，我才懶得理妳！跑出去會有什麼後果需要我提醒妳？」

此時，天窗木椅轟一下掉落——安東尼反射性趨前抱緊夢芳，一秒後又負氣猛地鬆開她。

此舉令她又羞又惱，「不必你提醒我，如果我害你跟愛爾蘭的詐騙家族失聯，我提醒你世界上除了紙鈔之外，還有一種紙張叫做機票。」

「不准妳這樣講我家人！妳家人又好到哪裡去？妳更好不到哪裡去！受不了妳很久了，遇到事就哭哭啼啼！愛哭鬼！」

「哭哭啼啼？」她氣憤地抓起一坨奶油往他臉丟去：「你以為我受得了你打呼啊？受不了你幹嘛留在這裡，你走啊！」

「幹嘛留在這裡？妳都付錢了我不留這裡留哪？戲還沒演完呢小姐！」

話一出，安東尼一秒就後悔了。偏偏骨子裡頑強的愛爾蘭血液，早奔竄得滿臉通紅，叫他低頭絕不可能。

「又要哭了嗎？被我說中了！」一臉奶油的安東尼語氣一派強硬。

**願我真愛上……**

「我不會哭，我會陪你演下去！」

「演到哪了？我們交換 DNA 好了！」

**是不慌不忙**

「DNA？誰稀罕你嘴唇啊？」

「我現在就讓妳見識愛爾蘭草莓多香甜！」

說完，安東尼上前啣住她嘴唇。

**願逝去的愛能　原諒我們**

# 第十章 記號

邱比特走後，一天怎麼過，程爾說了算，夢芳生日不能被該死的幾支箭毀掉。夢芳擠出笑，自告奮勇幫忙布置，大夥心裡有數，慶祝照舊。

五手啤酒應可消滅這團晦氣吧？音樂大開，程爾押著安東尼照跳了原訂的愛爾蘭舞曲。

灌酒壓驚，安東尼雙頰發燙不退，但，萬一殺手要的其實是程爾的命，又是為什麼？甩甩頭，他沒法再想下去了。

為了驅趕這些念頭，安東尼上前抓住夢芳的手，示意夢芳踏上他腳背。「別被邱比特嚇到了。」順著醉意，走了好幾首歌。

好奇妙，這樣走，誰都不能把誰推開。

安東尼漸漸分不清眼眶裡外的淚，分別是為了什麼。

稍晚，「你們給我躲好！」程爾一聲令下，分成兩組，玩捉迷藏。車底空間出乎意料敞闊。

夢芳、安東尼摀嘴憋笑，想像程爾找不到他們那副兩眼著火的怒相。可是慢慢的，兩相對望又讓悶在喉間的笑逐漸消逝無蹤。真的，挑個特別空的位子支起手肘，兩小無猜似的撞肩聊天，可以撐好久。

這麼近，夢芳也喪失了抵拒安東尼盯著她疤痕看的權利。

「我很抱歉講了那些話。」

「我們都是。」

「妳講的是實話。」

「你也是。」

飛旋於兩人之間的是稍早那一記困在奶油裡的非正式接吻——似該發生點什麼，把那些奶油給抹除。

她尷尬地發現自己腳趾輕抵他右腿脛骨已久，宛如他毛茸茸朝她走來。一旦不慎，滑動一寸，便意味很多事。微渺的接觸面積，亦可能不慎暴露甲溝炎術後缺塊。

想到這，她笑。

他伸出手，「知道嗎？妳很美，不只眼睛。」起初他輕摸覺得美的位置，不覺轉化腕力，以手溫貼觸她。

她突然領略到，愛情不可能單單是眼對眼、嘴對嘴。有可能他的眼睛適合她鼻子，而她嘴唇適合他笑開的魚尾紋。過往他倆可能浪費時間，生了太多氣。一切靜下來，更好。

「夢芳，如果我能交代一切——我會說出兩個字，那就是妳的名字。」

他大可不必多說。光喚她名，發出近似 Meng Fang 的音，便征服了她，彷彿男孩騎單車誤闖草皮，難以形聲，亦不忍苛責。為此，一旦有人多事將她名字翻英，她一概否認拼法。

「夢芳……」男孩往來盤旋。

不自覺地，他手，自她腰際，往上爬。

她只能服從背上緩緩移動的線索。

一陣酥麻，愛爾蘭民謠穿過她身體……從頸部，扣子一顆顆鬆口、彈開，直至最後一顆，她緊閉眼，以肘輕擋，示意安東尼住手。

她只是不想露出更多疤痕。

「妳有妳的疤，我有我的。」

他抓了她手，放到自己腰，讓她感受那道疤。夢芳像了然他來自何方，笑了。大男孩微笑，掉淚。安東尼手指停在她疤上，抹去界線，也像抹去疤痕來歷。

安東尼，你到底是誰……

他食指中指起跑，從夢芳手肘的疤，跑過手臂的疤，最後在蝴蝶處起飛。

夢芳看著蝴蝶飛走後，驚然回望他。因這動作，夢芳愛上了他。

你到底是誰……

儘管此刻嘴唇的猶豫，很美。但他傾前向她，深深解除猶豫。好多事物，流竄於唇與唇。

時間凝結，卻非靜止。

打鬧一個月後，終於抵達舒適的共識所在。他們頭頂著餐車底盤的肺桶、喉管，他們呼吸著車體的呼吸。

從他眼裡看到那一條到不了的路，夢芳更要把握機會走進去。

但安東尼搶先出發了。她知道，安東尼正在找尋她身體的通道，一旦找到，安東尼會化作一泓清泉，頭也不回地往內探索，夢芳知道，他會找到她。

透過這些細柔觸碰，兩人身上傷痛的記號漸次合一。

而程爾。

他並未發怒，亦不急找他們。回到餐車，環視派對戰場，程爾拉開抽屜翻出一枚掛勾，硬是塞入車後窗箭的洞痕，遮擋有餘，卻抹不去白天追兇無功而返，不偏不倚目擊奶油蠕動於兩人唇間的一刻，當下他決定五分鐘後再回來，假裝沒事。

沒事。心中莫名踏實，他趴臥，雙臂大張，感受車底下的溫存。程爾想通了。壞事降臨前，好事多發生一件是一件。

如果可以，他願意保護他們，守護他們。維持這姿勢，到永遠。

穿越帶濕的空氣，程爾一左一右提著早餐走返，車內一片狼藉，他也不知該怎麼正常發揮手藝，要是大家吃完車內沒有變得更整齊，他要怎麼留住這兩個朋友。

他在車門口看到漱洗完畢的安東尼，走過來，程爾只是禮貌性跟他交換眼神。餐車內，異常安靜。夢芳趴臥窗桌，熟睡。程爾藉故擺放早餐，把任務丟給安東尼。

「夢芳，吃早餐了。」

夢芳沒反應。昨晚躺臥車下沒睡好亦不難理解。

安東尼伸手想碰她肩膀卻臨時打消念頭，縮了手。

這麼一個百無聊賴的早晨，昨晚的進展，讓兩個大男人不知如何是好。餐車後頭桌上擺放的早餐，看起來就像二點五人份，有人沒食慾。

兩男都不想擅自開動，程爾故作悠閒，開始收拾，蛋糕盤、啤酒杯、彩帶，當他靠近夢芳，竟發現她裙子溼了——滴了一地的水。

是尿。

程爾不禁伸出手——

當手指觸及她肩膀，臉上即刻回傳一陣劇痛，令他猛退一步。待他回過神，才發現發現那是夢芳以異乎尋常的蠻力，一爪掃過他的臉。程爾驚愣原地，眼睜睜看著夢芳再抓起一旁電鍋，往他右太陽穴鏗一下砸過來——

# 第十一章 裂

程爾腦袋奔湧著嗡嗡聲。

「夢芳，妳做什麼！瘋了嗎？」

安東尼上前攔阻夢芳下一波攻擊，只見她發了瘋胡揮亂抓。

驚魂未定的程爾只知道臉上作痛處，濕涼地泌出液體。混亂中他束手無策看著安東尼將發狂的夢芳往後方桌椅摔去——

「程爾，你沒事吧？」

只見程爾一臉噢不出所以然的血，抓著椅背，慢慢坐下。

夢芳爬起，踞蹲角落，渾身發抖。突來的魔已離她而去。

維持環抱姿勢，夢芳看看周遭，發現腳邊一根冰淇淋杓正畏懼地窺看她。

「夢芳，妳剛剛到底怎麼了！」安東尼怒斥。

「有人不高興。」她一臉恍惚。

「什麼？」

「昨晚的事，有人不高興。」她握起冰淇淋杓。

安東尼無暇弄清她瘋言瘋語，「快去開車！」攙起程爾，他忿忿命令夢芳。

「要去哪裡？」

「我問誰，我又不是GPS！」

擋風玻璃淌下雨痕，驟雨說來就來——直到夢芳發現是淚，數周來她第一次這麼自責。一切災難皆因她而起，海嘯，瘟疫，所有。

沿途陽光猙獰露臉。開冰箱安東尼抓出吐司，「不要怕，這是我家鄉的止血方法。」麵皮貼附傷口，牽動程爾眉宇，不懷好意的吐司將表皮黏開，皮下組織露出程爾的生命底色。一反以往不形於色的自己，程爾扭曲五官以減輕痛楚，眼淚卻順著顛簸路途抖出眼眶。

這是第一次安東尼感到台灣好熱，較之歐洲那個寒帶國度，這裡好客的天氣，歡樂地掀開你傷口，嘶嘶嘶朝上刺出一張臉。

借助這些傷痕，程爾作痛的神色，慢慢在安東尼眼底，蛻化出一個朋友的樣子。那些表情，也遊歷過安東尼的臉，那些都柏林街頭的抗爭、械鬥，歷歷如繪，程爾奮身不顧救過他，安東尼卻拿不出吐司以外的東西回報他。這不是患難與共，是男子氣概不翼而飛。

不斷透過混亂手語，程爾近乎命令安東尼別責怪夢芳——她不是故意的，剛剛那不是她。安東尼摀嘴止住眼淚，就地取材匆匆弄出一盤雞蛋沙拉，如果食物可以減輕程爾痛苦，那麼，也能減輕他的。

轉入市區，餐車緊急拖出一條剎車痕，險沒撞上過路老婦。夢芳趴伏方向盤，身心俱疲令她放棄求解這是哪裡。

程爾仰高頭，甩甩頭，試圖看清車頂星星的模樣，最後他倔強起身，安東尼上前攔阻，程爾卻擠出一個大笑臉。

「我沒事，我不需要看醫生。」

那瞬間，安東尼知道自己光輝不起來了。

兩個鼻青臉腫的大男孩下車找了間小賣場，紗布雙氧水紅藥水抱個滿懷，像小孩子結夥扒竊，神經兮兮笑了。安東尼從凸面鏡發現自己還穿著愛爾蘭民俗緣服，趕忙摀嘴以免笑岔氣。

多笑少痛。多笑不痛。

嘻嘻哈哈奔返餐車，只見車鑰匙悶悶插定原處。

夢芳呢……

夢芳去哪了？

油門一踩，截然不同的任務。

橫衝直撞中，他們焦急著少了一人，亦恍然過去值得一吵的事，全屬多餘。

他們在尋找什麼？夢芳什麼都沒帶，她要去哪裡？又或者她並非哭著離開？

兩邊都是吹得到風的位子。

往後，風也將充盈中間空位……

不，不會的。

車子迎向對道一輛客運，安東尼眼眶湧入淚水，一眼認出靠窗的人。

「在那裡！夢芳在車上！」

程爾大按喇叭，快速找路迴轉。夢芳的體液還在安東尼身上，安東尼一定還有很多話沒對她說，光憑這點，程爾就不能放慢車速。

飛也似的追上交流道，路障越來越少，程爾超過一輛輛車，叭—叭—叭——

這是餐車第一次上交流道，漫無目的。

快點，程爾，加快。

嚓——

盡力了，程爾畫出地表一道車痕，停靠路肩。

絕望喘息著，兩人呼吸頻率，竟如此相近。

一朵烏雲飄到他與安東尼之間——夢芳會去哪？接下來，該怎麼辦？

安東尼將額頭埋入雙掌，懊惱著剛剛不該斥責夢芳。

「夢芳——」他喚著她名。

一切困在這裡，遠遠落後的追車，永遠不會往前移動了。

夢芳……

直到有人輕拍安東尼肩膀。他提頭，看到遠處一個小點慢慢跑過來。

安東尼跳下車，朝夢芳奔去。在程爾眼中，這回兩人儼如調換身份，夢芳是那個從虛擬世界走來的人。

眼看安東尼越走越近，夢芳內心忐忑大喊——拜託，你千萬不能是假的，現在全世界我只相信你了！

「妳跑得還真努力，被麵條追是不是？」安東尼高興到哭，「說話啊妳！」

上氣不接下氣，夢芳搖搖頭，掛著兩行淚的臉，慢慢朝上笑出弧來。

看到夢芳笑，安東尼兩根手指使勁夾她鼻子。

「唉喲！痛……」玩不膩的懲罰。

「這是幫程爾給妳的。」夾完鼻子安東尼再彈她耳朵，「這是我自己給妳的！」

看她疼得那麼無辜可憐，安東尼用力抱住她：「這是大家一起送妳的。」

再也沒有縫隙。

「對不起……」

「我們沒怪妳，我們知道那不是妳的錯。」

「有人不高興……」

「別說了。沒事，過去了。」

高速公路南下正巧順風，沒人想掉頭。

速度慢慢風乾一切。

急速倒退的公路，就像女人不斷抽長的頭髮。安東尼以手梳理夢芳秀髮，讓她好好睡一覺。調整好兩人都舒適的坐姿，他偏頭對窗，眼淚不覺流下。

程爾察覺，不欲以淚示人的安東尼偏頭對窗。或許問題根本出在程爾身上，他還不是個讓人願意淚臉而示的朋友。

安東尼在哭什麼？為愛情而哭？哭他獨佔夢芳而程爾一無所有？基於義氣，他非哭不可。

如果可以，程爾願將車內空間租賃出去，以微笑、問候，交換他們住下來。

就在右上方，一片不明物黏附擋風玻璃，車檢標誌似的貼平，為此，安東尼跟程爾眼神相接。

程爾不以為意，山嵐徐緩飄過窗外。

反觀安東尼掩飾懼色，側看夢芳，看她頸子緊靠駕座椅背，蝶的降臨或許只是巧合。他還是伸出手，想要去撥弄那燕尾蝶，他猜程爾看不出他手的顫抖。

燕尾蝶彷彿洞悉他心計，往擋風玻璃的中央細細移動。手不管怎麼搆都搆不著蝶翼，風的關係，抑或其他，他不知道——深怕夢芳目擊這不速之蝶的安東尼，突來不祥預感，夢芳是真的睡著了嗎？他搖搖夢芳、夢芳、夢芳……

蝶翼緩緩變大，蝶尾化作兩行墨水，淌流……

喔不，是血。

尖叫的臉。

嘰——

程爾踩剎車，急急逼近前方卡車，他緊急旋動方向盤，世界跟著天旋地轉——

嘰——

夢芳猛地睜眼，發現車速如常，安東尼鼾聲細細流入她耳畔，令她鬆了一口氣。一微片懸浮黑燼，近距飄過她臉。

# 第十二章　製衣姑娘

距烘畢還有七分鐘，這段空檔無路可去。人生地不熟，程爾不是萬能。

安東尼稍早跟程爾達成共識：「等夢芳睡醒，再觀察她狀況。」

自助洗衣店裡，上下共八台烘乾機規律滾動，滾桶內拉鍊鈕扣纏鬥不休。客人偶爾進出都可疑，兩大男人唯一共識是洗完趕緊回民宿。

一名光頭男子走入。程爾、安東尼有默契地分頭，假裝不認識，程爾走到角落書報架拿起一本雜誌，封面令他臉色大變。他力求鎮定，往內頁速翻……

男子投完幣，逕自離去。此時安東尼察覺程爾正錯愕搗嘴。「怎麼了？」他走向程爾，一手搭他肩。

程爾臉色難看，「你是誰！你到底是誰！」

招架不及，安東尼退開兩步，等他冷靜。

安東尼錯愕接過雜誌，一眼瞄到斗大標題：「愛爾蘭白馬騙徒身分曝光。」

他當然看不懂中文，但附圖一則他完全懂了。

一張英文網路新聞截圖，教安東尼啞然。圖中男子在愛爾蘭劫殺了一名富家子，目前通緝在逃。

「這是你找來的記者搞出來的嗎？」安東尼憤怒地指著刊物名稱《熱卦追蹤》四字。

程爾快速解釋道，「這不是葉芝學任職的雜誌社！她是《迅週刊》的記者，這篇報導也不是她寫的！這麼生氣你想表達什麼呢？自己的清白？」

安東尼臉頰發燙，說不出話來。

據那篇鉅細靡遺的專題報導，安東尼不單被人肉搜索，版面還附上安東尼幾張照片，其中一張是他於愛爾蘭住處一家人合照，年少時代他髮色偏暗，兩行雀斑。文中描述他是一名劫殺富家子的嫌犯，過往亦有詐騙同鄉女子的前科，目前通緝在逃，據聞受害者父親已策動黑道緝凶，不逮到人勢不罷休。

一張他與受騙女子摟抱的親密合照，下方更大秀他英文本名。

就算會說話，程爾也不會念出那個名字。

「程爾，別這樣看我！」

「上面寫的是真的嗎？」

「程爾，你別問了，你不會想知道的！」

「你為什麼逃到台灣？誰在追你？你騙走夢芳的錢，給了誰？誰幫你開路？訂做假護照逃來台灣嗎？」

安東尼憤而轉身，不看他。

程爾上前重推他。換安東尼怒了。

「那你呢？你為什麼幫我跟夢芳？不就因為你相信我們嗎？這段日子你從我們身上看到什麼就是什麼了，你還不相信眼見的事實嗎？我過去發生什麼事你不用多問，我不會說的，還有，別告訴夢芳這件事害她擔心，拜託你。」

程爾暫時無法答應任何事。

一分鐘後，「我相信你沒殺人。我把你當好朋友。」他斬釘截鐵對安東尼表示。

「我知道。」又隔了一分鐘，安東尼才悠悠地說。

安東尼雙手插緊口袋，蹙眉看著落地大玻璃，視網膜反映著玻璃面上轉動不止的烘衣機。

程爾不認為當下適合拍他肩背，只好對著鏡面比出他此刻最想說的話，期待安東尼看懂，「求你不要走。你帶給夢芳安全感，而我不行。」

「我已經累了。」

就在烘衣機驟停的同一頃刻，「我不知道我為什麼而來，也不知道安東尼是誰。我當初來到台灣，是因為有一個人聯繫我。」安東尼補上這一段話。

程爾以為自己訝異得緩緩站了起來，其實他沒有。

「一名男子到都柏林找我，請我來台灣一趟。他告訴我，我有機會做一件好事——當然，我可以選擇接不接受。」

說到這裡，安東尼旋身，清澄地看著程爾，「我才知道自己臉書照片被盜用，並引發一樁詐騙風波，他跟我說有一個女孩子為我而傷神，淪為大眾笑柄，那女孩是個好女孩。我只要到這裡生活，假裝安東尼這個人不是假的，就可以幫上她人生一個大忙。幫助她成為一個完整的人。」

程爾不覺伸起虛弱的雙手，說出第一句話，「你是說，你來到台灣，假裝自己就是安東尼，跟夢芳談一場戀愛？」

「可以這樣說，也不能這樣說。當時愛爾蘭失業問題嚴重，我遇到了一個低潮，決定關掉臉書，來到台灣或許能有一個全新的開始，我也願意為這一件善事，假裝自己是一個全新的騙子。甚至，把這個騙子穿過的衣服，說過的話，一件件脫掉。」安東尼依然未提自己有否殺人。

「所以你先前假裝不知道夢芳鬧上新聞被恥笑，都是裝的？你從頭到尾都在騙夢芳！」

「我沒有騙她！」

「你有！」

「我在幫助她！」

「找你來的人，有給你錢嗎？」

「……當然。」

「結果呢？」

「人不見了。」

「什麼叫人不見了？這陣子我們連命都快丟了！」程爾氣到跺腳。

「那你怎麼解釋夢芳被女人襲擊，我們也差點丟命？如果事情那麼簡單，為什麼這些兜不起來？」

「告訴我，他是誰。」

「我不能講。」

「不能講？」

程爾上前扯住他領子。

「我不知道你是不是他派來的。」安東尼解釋著。

程爾簡直想掐死他。

「對，我很怕，怕死了！我必須怕給你看，以免你是他派來的！程爾，我知道你是個好人，但原諒我，我對你來歷一無所知，即使只有千分之一機率，我都不能冒險，以免……」

從安東尼眼睛，程爾突然了解了什麼，「他有你的把柄？」

安東尼垂頭，懊喪不已。

「告訴我他掌握你的什麼？這個嗎？」程爾用力拍打雜誌。

安東尼自嘲一笑：「有那麼簡單就好了……」

程爾垂下雙臂，啪一聲雜誌落地。

「再嚇你一件事。現在我真的愛上夢芳了！」

程爾這又震了一下。

「我愛上她了。」他一個字一個字說清楚。

「你愛上她了？你愛上她了！什麼叫做你愛上她了！你這個騙子！」程爾揪住他領子以表達激憤。

有人被摔到玻璃門板，筐一聲。「程爾，你千萬不要跟她說！求求你！謝謝你們讓我知道台灣的好，台灣人的好，但我不能跟她說我是假的。我不能傷害她。現在不行，她這麼脆弱。」

慢慢鬆手，雖微酸，但眼角有淚的程爾反倒欣慰，現在她可以放心愛他了。

稍早程爾發現駕駛座皮椅兩側被夢芳捺出難再復原的十指凹印，一股奇特力量，現在想起來，不再令人懼怕，那是極端焦慮下分泌的腎上腺素，是愛。

拎著衣服回到民宿，兩男放輕腳步。

房門一開，「夢芳？」空無一人。

「夢芳……」兩男交換眼神，幾乎同時轉身往下跑。

民宿樓梯很窄，程爾搶在前頭，險些忘了樓層，也沒察覺身後腳步聲沒跟上。

當程爾抵達一樓櫃台，察覺安東尼也不見了。氣喘吁吁的程爾氣急敗亂跟櫃員指手畫腳，最後奔出民宿外，很快，民宿頂樓陽台邊緣，一裸女渺遠身形，鑽入他瞬間擴張的瞳孔。

傻了兩秒，程爾三步併兩步往上衝，

安東尼早已埋伏夢芳後，程爾及時屏住呼吸——

十分鐘後，刻意倚坐房內牆角的程爾，心跳疊上紊亂思緒，如果剛剛他未能屏住呼吸，干擾亂了安東尼，會不會害他來不及阻止夢芳的飛躍？

注定似的。稍強的那陣風並未惹禍。愛爾蘭男子緊摟衣不蔽體的她。

倘若夢芳雙腳離地，整幢樓恐將隨她墜落的弧線一併傾垮。

但沒有。夢芳裸裎而順從，彷彿那定格的臂彎早為她準備多年。

浴缸窸窣水聲令程爾返神，他循聲想像他怎麼為她擦洗，稀微對話卻讓他的揣想無處發揮。

「你還在。」

何以他會離開？

「對，我還在。」

別傻了，他不會離開。程爾心想。

「睡得好嗎？」

「做了一個夢。」

隱蔽處，程爾既可監看房門，又可目及浴室釋出一塊暖柔的光。夫復何求。

房間很小，世界很大。水聲依舊，彷彿安東尼稀心擦拭出來的愛情，程爾也不無功勞。

「妳想不想知道，這個疤的故事？」

「我想知道。但別現在告訴我，留多一點，給以後慢慢說。」

這話讓程爾更加確定駕駛座皮椅兩側被夢芳以奇特力量捺出的十指凹印，是愛。深陷且難以復原。

想到他們會在一起很久，程爾再度笑了。

隔天安東尼牽著夢芳，走入街角裁縫店。

「我要布。」語氣急切，夢芳來不及插嘴翻譯。

安東尼逕自走至布區，伸手摸布。

「欸，你手乾不乾淨啊？」

他哪顧得了老闆娘勸誡，逕自將手伸入那一片片星空、花園，怎能不美。他看看夢芳，一方面希望夢芳喜歡，又想貪握決定權。

一如他步步走向她，緊緊留下，每一道軌跡，都是決定。

「妳能幫她做一件——中國式袍子嗎？帶裙的袍子。」

「啊？你說什麼？聽不懂英文啊！」

安東尼不要夢芳翻譯，他將整個流程抱得緊緊，指手畫腳，最後總算從凌亂桌面翻到一張型錄，正中紅心的用力指去。

老闆娘看看旗袍，看看夢芳：「現在沒人穿旗袍出門的！你要帶她去宴會嗎？」

安東尼搖搖頭。「不！改變一下，不要跟它完全一樣！懂我意思嗎？」他指指一旁洋裝、指指旗袍，啪一聲合掌。

「喔，改良式旗袍啊！」

他用力點頭，雖然聽不懂。

那個下午，店內不算悶熱。夢芳兩手懸空，跟空氣跳華爾滋似的維持不動，一根根大頭針，有如《仙履奇緣》麻雀們叼起一襲紫色蠶絲布，這顏色溫柔抗衡著蝶的黑。

「我要不一樣的領子，要有花朵的？」

「啊？什麼？」

「花！」他兩手死命綻放，「花朵！花園裡的。」

一老一少又是耗了半小時，找到他要的那片花布——確切來說，挑出幾朵盛開方向一致的花——在安東尼眼中，一整幅花布，每朵各有姿色，他挑中的那幾朵，要做領子，貼齊她頸後，彷彿她身體春意盎然。

雀屏中選的幾朵，將永遠跟著他們。

「我剛剛講到哪？」

老闆娘繼續話她手藝靈活的傳奇。當年頂下一間小店，她追蹤絲綢的質地，極力摸清店附近姑娘脾胃，甚至學了幾句唬人用的英文名詞。她將絲綢一拋，任其往舊時代飛個幾十年遠，她說旗袍這檔事，傳統風韻不可磨滅，但也期待絲綢化為紅毯，一路征服日後不斷冒出來的戀愛的姑娘。她枕著絲綢助眠，入眠，也失眠。夢裡是上漿、切條的滾邊，姑娘們來到店裡老闆娘摸盡她們腰上的故事，透過裁剪線條，去解決姑娘們的心事。除了自己，有誰夠格替衣服出主意？

老闆娘望向安東尼，眼底透露自己也曾是個姑娘。她藏起自己的故事，為姑娘們摸摸剪剪，訂做新故事。

安東尼聽不懂，卻也懂了。

聽著聽著，夢芳凝望落地鏡，徬徨該做些什麼，方能使多年後變老的自己，憶得起曾經那姑娘。直到她發覺鏡中真實無比的安東尼——他神色、他嘴角。

夢芳一行淚滑落下巴，濕了蠶紗。

# 第十三章　你們的名字

車身油漆已乾。

南部黃金海岸，粉紅餐車停靠路邊，是否還叫風味餐車，三人沒討論。遊客不少，內用客五位。側頭看安東尼埋頭打蛋，一個念頭令程爾莫名哧笑——萬一自己遇上三長兩短，餐車後繼有人。

「怎麼了？」

程爾搖搖頭。

夢芳赤腳徘徊於窗外，程爾隨她因高溫而不斷走遠的步履移動視線。程爾想起什麼，輕碰安東尼肩膀。

「噢——」安東尼叫痛。

程爾快手掀他上衣，赫見一道新抓痕。

「你又受傷了？」

「小事。」

「怎麼會是小事？」

「夢芳症狀還沒穩定，偶爾行為失控是過渡期。」

程爾搖搖頭又點點頭，這事暫無解方。

「老闆，我的餐好了嗎？」

程爾對顧客的詢問恍若未聞，他不安心地探看窗外，尋找夢芳蹤影，「夢芳去哪裡了？」

「我去找找。」安東尼擦擦手，往外走。

程爾繼續趕菜，一顆心懸著，不時提頭察看。

直到一陣磁化過的熟悉聲線自食客某支手機傳來，教程爾停下手。

「我是前陣子上了八卦雜誌，那位人人喊打的跨國愛爾蘭騙徒。台灣人都叫我安東尼。」竟是安東尼的聲音，程爾豎起耳朵，男子順著車廂內窸窣不止的好奇心將聲音調大，「現在呢，我借了沙灘上一個帥哥的手機，對台灣廣大民眾宣布，我長得不差，不代表我說的是假話。」

程爾趕忙伸頭往外望，遠遠一對情侶被眾屁孩團團圍起。

「起碼，我對夢芳的愛是真的，不信的話，你可以問我的眼睛。我願意為她做任何事，請你們不要再嘲笑她笨，我會證明我比她更笨。我對她的愛，會跟大海一樣，強大到把你們沖走。」

影片一結束，車內一陣騷動。

「這哪來的啊？」

「爆料公社的直播。」

「天哪！台灣真的是鬼島，什麼都有！」

「阿兜仔一來，也ㄎㄧㄤ掉了。」

「咦，老闆咧？不見了？」

只見程爾火冒三丈將夢芳、安東尼拎回車上。食客驚訝得合不攏嘴。

「那不是——」

程爾立刻將所有人驅趕下車。

「我想起來了！前陣子雜誌才報導他殺了人——」

程爾一拳揍扁吐出這句話的那張嘴。

「喂，我們還沒付錢哪！」

「生意這樣做的啊！」

返過頭來他正巧目睹夢芳滑坐在地。夢芳不理安東尼攙扶，程爾望入她眼底的淚光。見到這一幕，程爾氣到立刻鑽入駕駛座，發動餐車，速度太快，杯盤哐啷一地。

五分鐘後，杯盤自車尾急衝至烹調區，餐車急停於一處荒地。

程爾等不及揪住安東尼領子，又不得不鬆開，雙手怒吼道，「你到底怎麼了？發什麼瘋！」

「我愛夢芳，就這麼簡單，我為自己的行為負責！」

「你負責？你負得了責嗎？」

「我愛她，就是負責！」

聽到安東尼這句話，程爾也沒話說了。

他看看夢芳，她托腮面窗遐思的姿勢儼為一切的定論。

「夢芳，妳鞋子呢？」

夢芳悠悠開了口。

「雜誌怎麼寫安東尼，我早就知道了。」她講中文，並轉向程爾，反問他，「程爾，報紙怎麼寫我，跟你後來所看到的，有一樣嗎？」

程爾無從回應，他懊惱得可以伸拳把車揍飛。

「我不在乎真相，不在乎接不接近真相，程爾，你知道我們正在接近什麼，又能否一起努力改變些什麼？在這之前，我們只能掌握確定的事。」

夢芳這番話讓稍早渾身快爆炸的程爾怒意頓消，講中文只給他聽亦令他莫名滿足，車體發燙，眼前又只剩碎散一地的杯盤有待收拾。

夢芳心力交瘁，癱靠窗桌，機械性地一字一句讀出：「我知道有人要逼我說出一些東西，也不知道他們目的是什麼——但——」

「夢芳！」安東尼食指抵在唇間，並以唇語示意她不要講出內情，講了會有危險。

兩人深長對望的那十秒，不如說一世紀，倏忽間，蟲鳥也鳴越四季。

打破沉默的是安東尼，他刻意放慢唇語速度，表示：「程爾不是壞人，他要安排我們去漁港偷渡。」

「啊？偷渡？」夢芳以唇語驚呼。

「這是我的主意。」

「你的主意？」夢芳一臉不可置信，以唇語搭配手語，「你們打算對我做什麼？」

「夢芳，程爾要帶我們去海港，那裡有漁船可以偷渡——我們可以出國，再偷渡到愛爾蘭。」

程爾接著表示，「沒人知道你們會去哪裡！我是說，到時你們再決定要去哪裡，你們自由了。」

夢芳倒退兩步：「你們都講好了。」

「夢芳，我們平靜不了了。」

「呵，不然我們到這個鳥不生蛋的地方幹嘛？」她終於放聲大叫，「既然平靜不了，還怕誰知道！」

她氣到彎身胡亂抓起一根湯瓢，往窗外丟——

「夢芳，我認識漁船主人，絕對幫你們安全抵達國外，不會有人查到你們去哪裡。」程爾解釋。

夢芳冷冷望著程爾，「我為什麼要聽你的？你要怎麼證明你不是共謀？船會帶我們去哪裡？」話一出，又後悔。

但程爾無暇心傷了，他嚴肅望定安東尼，「你要好好照顧她。用你的錢。」

安東尼眼神有異狀，不懂程爾意思，又不敢貿然問他。然後他慢慢懂了，程爾會把自己存摺交予他。安東尼來不及抗議也來不及感謝，甚至來不及反應。

已卸除夢芳心防的安東尼，當然也能說服她一起遠走高飛。他輕步走向她，想伸手安撫，又放下。如果懂手語，他會卯足全力把手一起用上。

「夢芳，原本我寧可妳在別的時候遇上我。現在我只知道，我們可以去創造『別的時候』。」

夢芳視線回到安東尼那雙湛藍眼珠。

「走得一乾二淨，只有這個方法了。」

藍深處，粼粼波光。

「夢芳，我們不是不回來啊！只是現在一切太危險了，我們冒不起這個險。」

「我們只能眼睜睜看著冒得起的險一一消失。」她悲從中來。

再也忍不住，安東尼走向她，吻了她。

「不要說。夢芳，什麼都別說了，沒有什麼比我們的愛更重要了。」

夢芳點點頭，側頭看看程爾那憂心忡忡的臉，她摀住鼻腔酸意：「我們走了，你怎麼辦？」眼淚掉了下來。

「煮菜。」程爾笑了。「想你們。」

如果來日他倆需要一個證婚人，還有更好的人選嗎？

夢芳伸出手，內疚地想摸程爾，抱歉打了他——程爾搞笑抬頭挺胸，以婉拒她的手溫。

「那我們趕快出發吧。」揚起的嘴角替她做了決定。

三人動起來。時間不多了。

程爾坐定駕駛座，埋頭思索接下來怎麼辦，突然一隻手握住他。

是安東尼感謝的手。他將 You、Are、A、Good、Guy 幾個單字清楚說出，然後，他叫他管理一下衝動的個性，把箭忘了，交個女孩子，好好過自己的生活。

他甚至還要程爾好好照顧夢芳，「萬一我出什麼事。」他調皮一笑。

程爾必須速速將他們送達海港，沒有人會出事的。餐車急速前進，趕著與烹飪無關的路。當程爾茫然看著窗外，腦袋並未停止思考未來是什麼。

沿途心裡有些情緒慢慢流逝，以致越來越空蕩、失落，就像這段時間，每比一個手語，手形的意義便因難以準確傳達，隨著空氣消散一點。

或許他人生最美麗的就是這些誤解，一再從誤讀與摩擦中，生出更美的花朵。更何況，只要他們懂他，懂他這個人，接不接收得到他手的涵義，根本不重要。

夜了，路燈、餘暉齊來。擋風玻璃彷彿映現海港遠去的船隻，而他卻無法停止追趕他們。

但沒關係，如果他們未來很幸福，他心底就會越來越豐盛。

拭去臉上液體。他笑看副駕座上兩人累到睡著，兩人靠得再緊，總會留個縫隙擱放他的手。

下交流道，人車都累。餐車轉入郊區道路，停靠一座大賣場前的空曠地，大賣場燈火通明像座城堡。

程爾知道他倆帶不了那麼多，還是才買了兩大袋「萬一用得到」的民生用品。

幸好他不會說話，心底滿滿牽掛，手可以不比的就暫藏心裡。

喝完一巡餞行酒，夢芳趴臥桌上休息。程爾只開了駕駛座小燈，光線通過門，微弱地透入用餐區。車尾一片陰暗。以打包行李來說，光線剛剛好，缺損的冰箱門角，依舊隨小熊貼紙耍賴地笑著。

「這些箭，放這裡，必要時拿來防身。」

安東尼放不下他的安危。

眼看越塞越滿，安東尼又找到了一支手電筒，一笑，扭開燈源往踞坐車尾的程爾照去。

光塊篩過程爾的手，投映出一隻狗，一隻松鼠，一隻不明的海底怪物，安東尼逐一幫動物配音。

程爾這才發現，英文的動物叫聲，跟中文很不一樣。這個新發現來得晚，但淚中帶笑。

夢芳聽到兩男嬉鬧，揚起頭來癡笑看他們。

直到最後登場的老鷹撲動翅膀，飛走。時間也到了。

起身，程爾扭開燈，走向他們。

他比了兩個字給夢芳。

「這是妳的名字。」

又比了三個字給安東尼。

「這是你的名字。」

他還想告訴他們，這是我送你們的禮物。

但沒說。假如未來有一天，他們終究意識到那是一個禮物，其實也不遲。

思念是趕不走的。門都沒有。

「我們不能離開你——」安東尼忽然摀臉，蹲坐下來，程爾上前關切，安東尼附耳哽咽道：「萬一兇手要殺的人是你……我們要怎麼保護你，你一雙手要怎麼求救……」

程爾拍拍胸脯，右手一架轟炸機，衝撞左手一艘潛水艇，砰！彼此十歲的屁孩樣，一下子全回來了，不同語言、髮色，一樣拗脾氣。下回見面，髮色也要一樣了吧。

不禁破涕為笑，安東尼倏地起身，「我還沒烤鵝給你吃！」

他不服輸地想起上次中途告吹的愛爾蘭烤鵝。

「現在買回來醃漬，早上還來得及烤給你吃！」換他拍拍程爾肩膀，「我還沒輸，你一定得見識我的廚藝。」

燈火通明的大賣場都全年無休了，他們還等什麼。

「我這就去買一隻全鵝！」抓起錢，安東尼離開前，傻笑看了夢芳一眼。醉意作怪，也不知依依不捨什麼。

印象中這是程爾第一次跟夢芳視線一致看著同個人離開。蹒跚背影一拐一拐漸形渺小，鑽入賣場大門，絆一下又調皮站穩。

愛爾蘭男孩再也沒走出來。

# 第十四章

# 加油，程爾

嗡——

那是耳鳴嗎？

程爾想將身上殘留的酒精從所有毛細孔散逸出去。這不代表奔馳於國道不必抵禦醉意，頂多無畏直前的車速，僥倖矇過一台又一台警車。沒有人對粉紅色餐車起疑。

沒人能證明安東尼消失於大賣場，大賣場經理歉然露出愛莫能助招牌笑容，警察勸他們四十八小時後再來報案。一個喝茫，一個啞巴，所能表達有限，夢芳趴地嘔吐，程爾連忙攙著她逃出賣場，腦壁貼滿瓶瓶罐罐五彩繽紛，兩人原地畫圈五小時，幾乎要繞遍高雄湖內五臟六腑，末了神經兮兮懊惱著剛剛怎麼沒順便補給民生用品。是安東尼的仇家遠從西歐前來逮人嗎？抑或安東尼存心耍他們？

假如是場整人秀，程爾都不意外了。

這些日子與外界隔絕，夢芳茫著一張臉，直到安東尼消失半小時後她才慢慢露出痛苦神情，「肚子很痛。」她說，也可能是兩種刺痛加在一起，教她痛苦萬分，喝茫的程爾一時也目測不出哪種更教她難受。

悶透了。凌晨的天空擠出一抹惺忪的藍，即將為餐車鍍上最初的顏色。逐漸褪去的醉浪，捎給耳畔一串提示：「怎麼緊張，都沒用。」

程爾已不確定還能聽什麼相信什麼。嘴角隨車速傻傻揚起，秋天到了，只感到這些來來去去的失去擁有，教生命更加豐醇。

「停車！停車！」

等不及車停，夢芳便推開門，狂嘔，盡情嘔，乾乾淨淨。

見她趴伏不起，程爾下車扶她，第一時間猶豫了該扶哪裡。

「載我去火車站。」她平靜地下了結論。

「他在這裡不見的，我們必須在這裡找到他。」

「你在這裡找他，我回台北找。」

「妳不要著急……」

「程爾，你做得夠多了，我只是跟你分頭努力，好嗎？」

「我擔心妳。」

夢芳臉瞬間扭曲，又哭又笑，彷彿在說：擔心我？哈哈，擔心我……

仗著這抹不速之笑，夢芳走近他，輕靠他，兩人下半身將貼未貼。

程爾換個站姿，人生就要改變。

「What.」夢芳刻意釋出氣音，「Do you like it?」

意識到該推開她，是十秒後的事。

硬了。

他不怪她，是酒意害的。

高雄大湖火車站，夢芳買了張電聯車票，預計到台南轉自強號回台北。不等火車到站，風味餐車便逕行離去。

大有一百種方法逼程爾就範，夢芳選擇了酒醒前的一種。

嘩啦嘩啦，洗了痛快熱水澡，羞惱與亢奮隨排水孔而去。

旅館格局還算雅致，程爾抓了棉花棒掏掏耳朵，以前對盥洗從未如此講究。

使勁按了抽水馬桶，想像水箱悠緩注水。靜靜躺下，特定視角，這空間不至於只像小小汽車旅館。地毯有霉，過量芳香劑開出一條香毯大道，就這樣簡簡單單，像個重新出發的人。誰擺脫誰還很難講。

由於平躺，無所謂哪裡是下方。程爾手掌由胸，往一個方向緩緩划去，撫摸那目的地，像座砲台，硬起來，微抬脖子，瞥見陰莖從未如此硬挺。

他們都是怎麼做的？

程爾呼吸越來越急促，順著快感，他回想剛剛離開餐車，靜下來，脫卸、撿拾、盤點一切感受。想起前幾天，襯衫蓋臉而睡的安東尼，右手不忘搭放夢芳背上，正確位置是腰脊，掌心有意無意竊探夢芳脊椎骨的秘密，倘若任何邪靈流通於此，他手指將精確阻斷、消滅牠們生路。現在想起來，安東尼根本沒睡。

他裝睡。

甚至可以說，他醒，他睡，都是為了夢芳。

他醒他睡也是。

安東尼都怎麼撩弄夢芳身體？一定有訣竅，就像煮菜，萬事有訣竅。程爾抓緊床單宛若那是柔軟車頂，陰莖舒服前進，一切慢慢有了解答。

那個名叫「鑽」的動詞，由安東尼下體來詮釋，比海綿蛋糕更溫柔。程爾懂海綿蛋糕，沒理由不懂女人。

程爾呻吟著。原本打算撤除駕駛座與餐車之間的那塊隔門，好像也不必了。

不管事態跟什麼聯想在一塊，都不是好事。因為這樣，一切變得簡單不過。程爾彷彿找到方法，喚醒她的眉、她的眼，不久後，或許還有嘴。程爾知道她活進「他倆不會對她怎樣」所形成的薄薄安全感。現在放她出去走走正是時候。

也或許餐車行跡缺乏規律的風。她不過想換換交通工具罷了。

程爾回台北時當然沒有找回安東尼。是找「回」或找「到」，言之過早。就怕是夢芳失望那個答案。

他沿著國道開，開得特慢非關愧疚，是反芻回憶拉慢了車速。程爾想到他替他們準備的那盒保險套始終沒派上用場，想著有次夢芳被蜂螫不知該用誰的尿，兩男尷尬默望對方褲襠。想著想著，逗得他又哭又笑，車內所有食物飲料拿來佐配這些回憶都綽綽有餘。心情莫名舒暢，途中他甚至去網咖跟芝學簡單傳了電郵件說自己快回台北，笑說在南部這趟滿載而歸。

他不期待台北的夢芳有所斬獲，但歹徒絕不是要索安東尼的命，否則大有機會提早下手。安東尼也一定會再度現身，他知道。心底的小魔鬼沒對他慫恿什麼，卻一直盤桓原地，或許牠也是啞巴。程爾不傻，他什麼都想過了，甚至不排除這兩人為了擺脫他而合演這場戲。

時近正午，下交流道，程爾打了個小盹——螢光綠蝶撲面而來，他猛猛提頭，險些撞上護欄。突來一陣無以名狀的意念，盤據心頭，順著直覺，他抓出一支箭，簡單打量箭身，發現不明紅漬。聞聞。他想起一幢危樓，壁面滿布塗鴉，他旋著方向盤，腦內的危樓越發清晰……

拐了個大彎，前進那標的。快了。如果兇手曾在附近試箭，一定有目擊者能指認他。駛入該社區，精神都來了，繞了幾圈，發現環境越來越眼熟——

當他意識到這就是華津社區，心底一陣不祥，立刻改道前往夢芳清苑華廈住處。程爾總錯覺那邊自從鬧出停車場攻擊事件，自此開始滋長蜘蛛網，人們紛紛搬離，樓廈攀滿爬牆虎，翠綠一片。

不等程爾印證心中憂慮，清苑華廈外圍幾條不尋常的黃色封鎖線映入眼簾。封鎖線垂危地將躁動圍眾層層隔開。他旋著方向盤急找車位，要將怦怦心跳緩下來。

人好多，還有警察，烈日當頭，有什麼被曬腐、曬焦了？

推開車門，跌下車，程爾無力將餐車安放一個線內位置。

「那個女屍脖子後面有蝴蝶刺青耶……」有人剛從命案現場跑返。

程爾兩腿癱軟，看到一座石頭花形噴水池，試圖往人堆擠去，他想起大湖火車站夢芳離去前對事態不置可否地聳聳肩，這世界有太多秘密，什麼都不奇怪。或許她只是假裝勇敢，或許她沒勇氣明確指出恐懼始於何時何地。

什麼都不奇怪……

程爾仰高頭，頭暈目眩。

讓我進去——讓我進去——

他喊不出聲，讓我進去。

僅僅四個字。教他窒息。

加油，程爾。快壓線了，到終點了，讓我進去。

兩位粗壯有力的警員肘擊他，放他休息——他腦際濺滿星星，後順著星群殞落的弧度，仆倒在地。

柏油路坑坑巴巴燙著臉，透過腿與腿的縫隙，淚眼朦朧中，他看到擔架上的夢芳輕覆白布，輕輕的，燙燙的，迎著白布上方盤旋的烈日，夢芳臉帶一絲解脫的笑靨。

# 第十五章　面對面

深秋天際劃過一抹紅。可惜是血劫紅顏，這位死者名爲Joy，近日陳屍於華津社區清苑華廈外的噴水池。警方循線發現，她就是那位前些日子潛入華廈襲擊「尋愛睡美人」葛夢芳而遭通緝，連日行蹤不明的神祕女子。

結束連日偵查庭精神轟炸後，暫無直接涉案證據，爬出烏雲堆的葛夢芳可謂身心俱疲。我想大家都同意，近月以來，她身上出的「社會新聞」，早歸檔於奇幻書區。

幾個月前，我首度遇到葛夢芳，是名流飯店的一個商業晚宴活動。一位五星級飯店的高階主管，她的未來好比名流飯店十二樓夜宴總統套房窗景視野，一片璀璨遼闊。深色素雅制服，輕覆熾熱的愛情渴求，誰能想到她竟將多年積蓄一百萬匯給一個愛爾蘭殺人嫌犯？隨著直播影片流竄，全台譁然，訕笑四起。「葛夢芳很笨」這樁國人普遍共識的背後，究竟藏有哪些秘辛？

一反過往逃避媒體唯恐不及的態度，在葛夢芳小姐應允下，本期《迅週刊》取得珍貴的獨家專訪，爲大家揭露這一樁都會奇案。

芝學對以上這段坐捷運打出來的文字並不滿意，出站即刪除。畢竟幾分鐘後她秀給夢芳的這張照片，極可能引向突破性發展。

街道上定格的行人中，有一個行色匆匆的女人。

下一張，女人駐足，摀住了臉。

「這兩張圖，截自妳匯款當天。」芝學說。

夢芳雙眼從一張多重格放，影像粒子粗糙的A4大小橫式圖片移開。

「我看得出來。」

「妳一定很納悶，怎麼會有這個角度。」

「台北到處都是監視器。」

「我還是講一下好了。妳匯款同一段時間，網紅傻大星定點街頭整人，請人幫忙照看尿褲子的小孩，好巧不巧拍到妳正巧要去銀行。」

突來一隻手替夢芳斟了水。

「帥哥，麻煩給我們不受打擾的空間好嗎？」

服務生窘著臉退開。

「那表情騙不了我。」速戰速決，芝學下了結論，照片女人臉上狂勢焦慮瞞不了誰，「與其說妳要匯款給白馬王子，不如說十公尺外有把槍對著妳。」

夢芳整頓坐姿，喝了一口熱拿鐵。

「這裡不比餐車，價格不便宜，希望我們來一次就好。」芝學專業一笑，她幾個月前相中這家隱蔽的餐廳，便直覺有場價值連城的訪談，「雖然不乏高學歷科技女被網路詐騙，但我總覺得，妳不是受騙的類型——我就不拐彎抹角了，葛小姐，是不是有人逼妳匯款？對妳不利？」

「有人要暗算我。」夢芳淡淡吐出這幾個字。

「誰？」果然價值連城。

夢芳悶悶望著杯上煙氣，彷彿身上有條鍊沒鬆開。

芝學知道她指的不是Joy。要她吐實，沒那麼容易。

「妳可以完全相信我，程爾是我好哥兒們，我答應他不將照片刊出，更重要是，我有原則，我寧可往下挖，挖出一條毒蛇都好，光一張圖沒什麼刊登價值。這回我真的不知道是誰爆料給《熱卦追蹤》，也不稀罕這種二手報導，不過，有需要我可幫妳打聽。」

夢芳別開了眼。

儘管嗓門大，但芝學咄咄逼人的眼神收斂許多，女性共通特質，那壓抑的膽識，隨幽暗天花板一束暖光，細細彰顯。

「妳覺得有人要害妳，跟匯出一百萬款項有什麼關聯？」她單刀直入。

「我沒那麼笨，我原本就知道那是詐騙，一開始愛來愛去只是跟他鬧著玩！」

「鬧著玩？怎麼說。」芝學傾身上前。

「這個男人——我是說，安東尼，交友軟體認識的，他纏我聊天有段時日了。」

「妳嘆什麼氣？」

「啊？」

「有一種表情叫嘆氣，別以為我看不出來。」

「我在名流多年，始終施展不開。上級壓力，還有同事鬥爭都壓得我喘不過氣，有這麼一個來路不明的愛爾蘭人陪你聊天，我邊聊邊練英文，反正閒著也是鬧著。」

「尤易威給妳的壓力？」

「怎麼會提到他？」

「聽說，妳跟姓尤的，平時高來高去的？」

「誰跟誰不高來高去？人往上爬總會遇到阻力。」

「我懂。」芝學點點頭，「愛爾蘭人怎麼跟你要錢？」

「借錢的理由他說得很清楚，故鄉遊行抗議有急用。」夢芳摸摸水杯底緣，「Sneem，愛爾蘭一個小鎮。」說著，她嘴角不覺揚起。

「既然妳不愛這個殺人犯，為何要匯錢給他？」

「不要叫他殺人犯，我相信他沒有殺人。」

「那我叫他《熱卦追蹤》上寫的名字？」

「不，請妳叫他安東尼。」

「好。為什麼匯錢給安東尼？」

「我原本沒打算匯款。當天中午，我請了半天假，精神衰弱到極點……五月十日，我匯出款項當天，當安東尼對我說出『Flying slowly as we made』──

我當場被一盆熱水潑醒。

「Flying slowly as we made？這句子有什麼特別的？」

「這句話讓我亂了陣腳。一切讓我想起一個人。」

「前男友？」

「K。」

「K是誰？要害妳的人？」

「一位生物學家，專門研究蝴蝶。」

「蝴……蝴……」芝學一時語鯁。

夢芳輕輕點頭。

「他本名是？」

「有紙嗎？」

執起筆，夢芳在芝學遞來的那張小便條紙上，輕筆寫下三個字，寫完又迅速在芝學唸出前，胡亂畫出一朵烏雲將名字掩埋。

原來，熟悉的句子，讓夢芳驚覺那個名叫安東尼的線上情人，一定就是K。一切是K搞的鬼。K回來了。嗅到新聞腥味，他回來了。困在路上，她抓握喉嚨喉嚨，蝶翼是飛舞的利刃，引發群眾騷動，夢芳才感到安全。

於是她臨時改道，去了銀行。照提示做完，未必從此高枕無憂，至少她會活著離開銀行。

夢芳擦去臉上多年的那行淚。

「這樣說好了。K跟我玩遊戲，這筆錢，一定會以別的方式，回到我的戶頭。」

「啊？」芝學啼笑皆非，「妳怎麼知道？」

「我就是知道。」

K就是這樣的人。

「K的遊戲，有舒有緩，我不走完那個程序，他會逼我用更痛苦的方法走完。」

「呵，妳在編故事。」

「我的身體不會。」

夢芳撥開頸後髮絲，現出那個華美的蝴蝶刺青。

芝學不禁打了個哆嗦。死者Joy脖子後面，也有一隻振翅欲飛的蝶。

「我和Joy不同品種。」

灌了一大口酒，芝學睨視夢芳手臂，「那是他弄的？」沿著袖子撕開，一定還有更多。

那些疤，不嚴重。一道道都是適可而止的殘虐。

「那是我跟Joy的共同信物。」

「妳先她後？他把妳們變得一樣。」

「同中有異，我們都很獨特。」

「但刺青都一樣。」

「不，不一樣。」

「那妳說說，妳後面那隻蝴蝶，有何獨特。」

夢芳停頓了有一根生日蠟燭燒完那麼久。末了，她彎身，芝學以為她掉東西，卻見她脫下鞋。

# 第十六章　聽故事的人

如今，夢芳已記不清右拇趾確切作痛的起始。是一個小黑點，一道小縫痛起，還是一大片微痛，逐日加劇。當時只覺得走著走著，鞋邊漸緊。

每天醒來，一件事，找痛。有時雙腿發麻，怕它不見了，伸腳輕抵牆面，一道劇痛，沿著趾尖撕向喉嚨，她緊憋，不叫出聲，猛開大水卻緊捏水管，說什麼都噴不出來，世界瞬止在那一刻，多好。

比起呻吟，她更安於囚身趾尖凝縮的一枚痛。噯，一隻昆蟲蟄居於此，每天早上，它以膿漱洗，而後乾出一層疤，流露血液深處似紅又綠的幽暗情狀。黃濁膿液，沾上手指，嗅嗅，是臊，難即時歸類的那種，說不出名字，有股衝動伸舌輕嚐。但沒有。再怎麼不能沒有它，也不致於愛上。

「那些膿看起來像蝴蝶屍水。」

K說。

她知道他愛。

有時襪子黏附乾膿，死分不開，酌力撕分，怕得像恐怖片……濺血沒什麼大不了，惟怕痛。她端詳這出落如許挑釁的疤塊。把直豎的疤撥成橫的，才斷，屆時鮮血恐難止息。像強行撥快時間，難有可行性。輕觸趾尖邊緣，清楚的痛，爬上手指，犀利而淋漓，一點不客氣，趾甲定是牢牢嵌了進去，對天性，牠毫不妥協。蔓生如藤，直來直往，沒誰是牠主人。

洗完澡，牠乾淨無比，輕撥，就當果實熟透，撕下即可。粉嫩新肉露出臉來，新生兒笑著。

「來，我帶妳去，一次解決。」

夢芳聳聳肩，無從抵抗。說也奇怪，拇趾彷彿聽到他倆對話，痛訊緩緩傳輸上來，「噯」她呻吟一聲，它的意見，她存心忽視。

K領她到標本室，公主抱，將她供上標本工作檯。

那是她第一次進入那滿佈蝴蝶標本與節拍聲響的空間，她未曾張頭尋找聲源，華麗蝶屍已答覆一切。

她是公主。

「Flying slowly as we made.」

大拇趾開始為加冕儀式流淚。

他把她按上桌，表示會替她擺平一切。

沒有麻醉。她看到他備妥標本械具，幾可預見那與痛楚同步的潮吹。

他拿出刮鬍刀片，對稱的波浪鏤空使它像隻等候多時的長方蝶——

下刀前，K抬頭，眼神輕問她。

——妳要看嗎？

——要。

只有他馴養的蝴蝶飛得過真正的山脈。

蝴蝶咬下的那一口，盯著她走每步路。

有些蝶類，包含了不同的類群，蝶翼型態差異極大，反之，不同蝶科，亦有相似度甚高的蝶翼特徵。身為一個收集者，整理、察辨蝶類所要付出的心血，一點不亞於製造機會和蝴蝶偶遇。

K往往多給它們一個參觀房間的機會，舉手之勞，它們一點不重。夢芳竄竄僵硬的肩，看到蝶屍以起飛之姿，排成一列，靜如剪紙，動如鷹翼；至於標本冊塞不下的蝶類，你可以看到它貼掛於牆擺弄生姿，甚至可以說，小房內，所有蝶類都聚集在一塊競艷。好些夜晚，她夢見它們全都停到自己身上，姿態萬千地宣告永恆。

「Waiter!」

才加點一杯檸檬水，一陣胃酸湧上，芝學起身往化妝室踉蹌而去。

鏡中水，第七滴，第八滴。她發現，自己不覺抓紅了左下頦的皮膚。

斑駁水漬猶如夢芳字字句句，她看到夢芳身困澳洲沃克博那片森林，一呎見方，恰容一人的鋼筋裸骨。他告訴她，撐過，就可以飛。於是她等待。她相信他，不然她也不會跟他來到這裡。她揚高頭，等待約定的蝶群施捨般劃越天際，環抱的臂膀將她越綁越緊。

K對她說時間一到，蝴蝶就掉下來，她不確定掉下來什麼意思，「慢慢等待就對了。」

嘶——

蝶來了。蝴蝶直衝地表，像一場雨，一隻一隻飛入鋼筋牢房，拍打翅膀，沖刷她，鱗粉沾滿臉，下半身濕了。

遠處彷彿有個男人步步逼近，硬物穿過下體……

無法呼吸。

——我要出去。

**妳想離開嗎？夢芳，妳要離開了嗎？**

夢芳逆著蝶徑逃跑。

五年後，這一個熱天，正好是安東尼傳給她虛擬帳號請她匯款的隔天。夢芳哧笑不予理會。中午用完餐，走在路上，膝蓋一癢，原以為蝨子咬了，她彎身輕抓後，隱微感受到一個訊號沿著小腿血管往下游動，心底一陣不祥，那訊號已經停抵她右腳拇趾，就像右腿綁著一個透明重量，不經意的顛簸感。

那句「Flying slowly as we made」乘著對話框，飄返她眼底。

遠自愛爾蘭，一句K說過的話。

手機一震。捎來一則陌生簡訊：「夢芳，我知道妳後天要做什麼……」

她再難無視心裡那陣不祥的直覺，長久以來想要掩飾右腳的秘密，越嘗試將走路速度放自然，越是壓抑不住右腳想要吐露的悲苦，她深怕路人窺見她過往，過往一旦曝光，便無處可返了。

第二則簡訊追上了她：「記得喔。別忘了。」

到底是誰！突然，眼球微刺，視網膜蝶影幢幢，夢芳確信不是飛蚊症，五年來她視網膜第一次閃過這般碎影。蝴蝶溺死眼珠裡游來游去，蝶屍睜大眼，問她：為什麼、為什麼……

用力揉眼，這一定不是真的。

揉出眼油，怒而將臉緊緊摀住。

陰影一來，蝶影幻化為黃綠光塊。她臉妝被一隻蝴蝶緊緊附著，輕輕一拉便絲襪似的掀起、彈平，蝴蝶搧著搧著，像似一種飛舞。一如女人洗完臉以化妝水輕拍臉頰，指腹溫柔搧打出一天的行程，一年的計劃，也是蝴蝶這樣，拍著拍著，提醒她的臉。

K是真的回來了。

第三則簡訊息也來了：「妳逃不了的，我很想妳。」

這三則陌生簡訊摧毀了她的意識——你到底是誰？如果你是K，目的要看我出大糗，我就鬧上新聞，出糗給所有人看！如果你就是來自愛爾蘭的騙子，只要錢，錢也給你，錢給你，都給你，別再來纏我了。輕聲掙扎，夢芳快步走進銀行，她打定主意把五年來積蓄一次排入臭水溝，挖掉這五年，挖剩一個大窟窿，她背叛Ｋ的事便一筆勾銷。

這就是Ｋ要的。

一筆勾銷！

「夢芳，到人多的地方去，妳就不會被蠱惑了。記住，只要蝴蝶飛過來，妳就一定要往人多的地方跑！記住，人多的地方，演唱會、郵局、銀行，都好！記住，人多的地方。」

「我來了……」

「小姐，大家都是為妳好，別把錢匯給詐騙集團，新聞多的是，那都是騙人的！」

「不，妳不懂，我是要救我自己。」

「快報警哪！」

「世界上又有一個笨女人要變窮女人了！」

「你們快幫幫她……」

「呵，你們這些智障怎麼可能幫得了我。」

「去死……」

⤫

芝學再度確認網紅傻大星的整人影片，夢芳緊摀臉前後的走路姿勢——那微渺的異狀，硬是細察，越是理不出頭緒。但女人天生直覺告訴她，夢芳沒撒謊。至少沒必要撒這種肉眼難辨、常人難解的謊。

「那些訊息呢？」

「我把手機丟了。」

「哈。越來越刺激了。」

「我是在程爾面前丟的——」

「丟給誰撿？」

夢芳不予理會，繼續說：「後來，我想想，那——那不像K傳的訊息，我是說，用手機傳簡訊不像他的作風。」

「所以妳意思是——？」

「那像一個聽過我故事的人，在模仿Ｋ的語調。」

「那人受Ｋ指使？」

「我不知道，我寧可相信不是。」

「等等，我想確認一下，那則簡訊說，『夢芳，我知道妳後天要做什麼……』那，我可以請問，妳原訂後天的計畫是……？」

「匯款。」

「啊？」

「我跟安東尼說我後天會匯款給他，那是故意要他的。」

「我不懂。」

「那則訊息來得太突然，我精神衰弱得失去理智，只想擺脫掉那聲音。」

「擺、擺脫？要別人到頭來要到自己？」

「想像一下小丑突然冒出下水道拿槍抵著妳頭說：『葉同學，妳二十年前不是說要舔牆壁嗎？』……」

芝學一時口啞。

「一百萬就這樣沒了？」

「我如釋重負。」

「不想找出是誰？」

「我寧可不知道。」

「為什麼不想知道？」芝學差點跳起來，「我腦袋隨便轉一下，都想得到是某個摸透妳過往的詐騙團隊，弄了一個LINE跟一支門號，一搭一唱來嚇唬妳。」

「妳剛剛已經回答了妳問我的問題——摸、透、妳、過、往。若我不加入遊戲，他會直接宣布刑罰。」

一時下不了結論的芝學找話追問：「匯完款呢？病好了？」

夢芳以厲色代替回答。

芝學換個說法：「妳剛剛不也間接承認了，安東尼是假的。」

「我沒有。」

「妳有。」

「我沒有。遇上安東尼以後，我從未停止問他：你到底是誰？」

芝學感到詫異，並順著這句話默默思索，或許對夢芳來說，安東尼的真偽，已不重要。

「妳覺得我愛上他像假的嗎？」

「……」

儘管一切乍看匪夷所思，社會新聞跑多的芝學卻出奇理解夢芳的心理狀態。如果匯款這檔事壓根兒是個錯誤，夢芳也甘心以此錯誤來應驗自己的忠誠（毫無疑問，這些年來她始終忠誠守護這些傷疤），不管K那雙法眼懸掛多高多遠。

換句話說，芝學信了K的存在；將夢芳的幻覺算進來，K無疑存在。

「我可以看嗎？」

得到夢芳應允，芝學湊近她頸後，目睹那隻黑色蝴蝶果如她所言，右蝶翼末梢有一個小小的鋸齒狀缺口。這麼近，假如蝴蝶張大血口，一口吞噬芝學，夢芳都不奇怪。

「他所掌控的女人，無不死心塌獻出頸項後的肌膚，為他刺上一隻飛舞的蝴蝶。」

聽完，眉頭越糾越緊的芝學發現夢芳視線根本不在咖啡廳內。

芝學一屁股重重坐回椅子，深知口頭不宜妥協，她要套出更多話。「我很少聽童話故事，有刺青就有雷射除刺青。說妳跟Joy是一對女同志我都信。」

「我不願意除掉刺青，任何人都休想剝奪我吃過的苦。」夢芳咬牙切齒。

芝學微微前傾，瞇起眼想鑑別她的真偽。

「這麼說來，上回我去風味餐車質問妳，妳跑出車外尖叫昏倒——那不是演的？」

「那邊有花。」

「花？妳是說花園？」

「花。K以前拿來操控我的一種花。」

「呵，妳脖子後面蝴蝶配的花？」

「它有名字，叫雪牙黃。」

「葛小姐什麼時候又變花仙子了？」

「雪牙黃，任何人都可以為它而死。」

哧一聲。芝學強抑嘲諷，等她講完。

「我說真的，任何人身上都有一種為它而死的方式。妳一靠近它，它便迅速洞悉妳的弱點，它可以找到方法，置任何人於死地。」

「所以園丁先死？」

「只要它願意。」夢芳出奇平靜。

「哈，妳找棵樹跟它求婚好了！」

「這種花栽植不易，非常稀有。當它又出現在餐車附近，一定不是巧合。我知道K回來了。」

「妳的弱點是什麼？」

「是愛。」

芝學臉頰莫名發燙，揮發的酒精能否幫助她辨識夢芳話中的真偽，她不知道。

「看樣子，安東尼用愛證明了他不是K派來的。否則妳早被毒死了。」

夢芳不愛芝學話裡的嘲諷，但同意她的見解。

「讓我整理個懶人包！五年前妳擺脫K後，進入名流飯店，勤奮工作，博得賞識。五年後，妳意識到K回來了，一時精神耗弱，鬧出轟動全台的新聞。但這並非損失，因為妳也引出了真愛？」

夢芳不置可否。

芝學繼續說：「儘管妳不確定K躲在這個計劃的哪個位置，仍然願意為安東尼赴湯蹈火……」

「妳說漏一點。」

「哪一點？」

「我不排除周遭任何人是K派來的，包括妳。」

芝學不禁失笑。

「Joy為什麼找上妳？」

「她有一萬個理由找上我。」

芝學掏出手機，螢幕往她一亮。

「妳怎麼會有這張照片？」夢芳吃驚。

芝學聳聳肩。

「我媽給妳的？」

「妳們以前是閨密？挺親密的。我很久以前就拿到這照片，只是沒料到，她就是那個攻擊妳的女人。」

夢芳抽口氣，召回那畫面，「時隔五年，再度見到Joy那個晚上，我尿急起床上廁所，她突然現身客廳，打開所有燈。」

「等等等等，妳太快了！什麼時候？」

「我正式離職那一天。」

「所以在停車場襲擊以前，她就出現過了？當時安東尼來了嗎？」

「好在他還沒來……」

芝學快速嚥口水：「妳家不是住五樓嗎？她怎麼進去的？」

「飛進來的。」

簡答後，夢芳瞳仁內，泛溢出深深恐懼，區區門鎖當然難不倒K的女人。針頭一刺，Joy自標本冊振翅飛起，奉命地飛，飛累都不能停下，夢芳忘不了Joy的臉貌、乾涸的口涎，失神宛如當初自己陷得最深的樣子。

「她為什麼來？總有個目的吧？」

「從監視器畫面那發狂的行為，妳目測得出她目的嗎？旁人不行，為什麼我可以？」

廢話，因為妳是葛夢芳。

# 第十七章　一切安好

「妳說匯完款，安東尼消失一段時日，幾周後，突然打電話跟妳說他已安置好家人，準備飛來？」

「嗯。」

「他的 LINE 帳號不再登入，始終處於未讀狀態？改以電話跟妳聯繫？」

「他說愛爾蘭有人盯上他帳號，所以改別的聯繫方式。」

「妳就那麼自然地信了？」

「妳記者那麼專業，說說這是哪種症候群？斯德哥爾摩？還是哥斯大黎加？」

夢芳自嘲地說。

「華津社區如何？」芝學開門見山，「Joy死亡時間，妳在哪裡？」

「我在找安東尼。」

「我知道，程爾告訴我了。」

「哦，他有把『嘔吐物』比出來嗎？妳會怎麼下標題？」

「是我的錯覺嗎？為什麼聽起來妳排除了K擄走安東尼的可能？」

這句話，讓夢芳陷入長考，好一段時間說不出話。

「他是達文西。」

「啊？」

「就算粗暴也要優雅，就算耍狠也要承襲一貫線條美學，他是個藝術家。也不只是藝術家。」

「藝術家？他不是蒐集標本？」

「是啊，標本。對K來說，生物學、建築學、心理學，都是一門藝術，他恨不得貫穿這些專業，堆疊成一座藝術品。」

「不好意思，我沒慧根，可舉例嗎？」

夢芳抽口氣，努力吐出腦裡的畫面。「還記得K說過，游泳池是最具備蝴蝶特性的現代設備。」

「游泳池？」

「他說，泳池加熱器讓循環的水不斷維持溫暖，蝴蝶調節翅膀上的鱗片位置，也能改變光照角度，控制體溫。泳池幫浦系統產生強大吸力，製造出危險旋渦，這種旋渦蝴蝶也能夠在空氣中辦到。」

夢芳篤定地說，「我懂他。把人擄走不是他會做的事。」

話雖如此，她也表示，她確信安東尼的失蹤跟K必有間接關係，或者說，世事之間總有隱而不顯的牽繫。短時間這麼多隕石砸落她身上，絕非純屬巧合。

芝學消化著這些話，想了想，說道：「我的醫生朋友，針對命案現場流出的照片，一眼就研判Joy的骨頭嚴重變形，已經有斷裂未適當治療的紀錄。更奇怪的是她十根手指都有骨折的全新傷口，全部十根。」

芝學說完，視線湊巧投落於夢芳小腿脛骨疤痕上，致使她不自在地縮了縮腿。

「池裡的女屍，也是K的傑作嗎？」

「我不知道——不是不敢回答，我真的毫無頭緒，不過我不訝異妳將女屍與藝術產生聯想。我不知道專訪刊登後，K會讓我付出什麼代價。現在只有對安東尼的愛能幫助我找到勇氣，對抗一切。」

「妳沒想過，安東尼是演了一場戲，藉故消失嗎？」

「那妳有沒想過，可能是我一手策劃將安東尼弄走，以顧全他的安危？我想過一千種可能，想到都不知道什麼叫害怕了。」

芝學突然懂了，倘若不幸，安東尼是K的一顆棋子，夢芳願不願意加入這場遊戲？答案是篤定的。

芝學吁了口氣，搖搖頭：「不論真或假，妳對外宣布安東尼失蹤了，只會換來訕笑，大家會笑妳被渣男拋棄了。更何況，他可能早被仇家拎回愛爾蘭了。」

聽完，夢芳絕望卻不認輸，「我想反問妳，妳愛過嗎？愛得最刻骨銘心那一次，妳有把握原封不動轉述給別人聽而不被當作傻子？」

「我也可以幫妳報案，很多人可以幫妳的。」

夢芳搖頭，眼淚撲簌簌流下。

芝學看出夢芳的怕——她依然擔心他是假的，何況，警方涉入，恐讓安東尼消失得更徹底。

芝學將杯內酒一口喝完，發現服務生被她剛剛一句話嫌得遠遠，久久不敢靠近。

她一笑：「呵，Flying slowly as we made——妳能接受天使和魔鬼擁有共同的口頭禪？」

夢芳沉思許久，「將他們引到我身邊來的，一定不是厄運。有了安東尼，就一定不是厄運。妳不必替我操心，K會帶領我擺脫這些事。只要我——」說到這兒，夢芳視線落定芝學左下頰紅腫，良久，彷彿細胞迅速繁殖。

「只要妳什麼？」

「沒，沒事。」夢芳甩掉想法。

此時芝學倒扣的手機一亮，穿透玻璃，灑亮夢芳小腿。

「妳請便。」夢芳端起杯子。

執起手機，芝學讀完信，強抑眼裡訝異——她做賊心虛似的整頓坐姿，又擔心夢芳起疑，只好匆匆換了話題。

「妳剛剛說，上級壓力，還有同事間的鬥爭——」

「誰不是？」

「妳默認了尤易威在背後搞妳？」

「有差別嗎？他明著來暗著來，有眼睛都看得到。」

「也都動不了他？」

「……」

「妳不恨他？」

「什麼時候輪得到我恨了。」夢芳答得出奇清淡。

「聽說，妳當過他的助理。」

「助理、助手、跟班，隨妳說，哪一行不是從助理做起？」

「我直說了，短短兩個禮拜就調職？想必有什麼不愉快吧？」

「我離開名流的方式，就愉快了嗎？」

「也對。」眼看夢芳不想聊，芝學將一口厚重的氣，深深嘆完。「K的一切，我都先不寫。」

「哦。」

「妳若有三長兩短，我新聞也甭追了。我不會告訴程爾，建議妳也別說，照他性急，一定壞事。」她欠欠身子，「總之，為了保護真相，這篇報導，我會慢慢醞釀，我甚至不提這一切從一個無心玩笑開始，對妳而言，它無疑是美夢成真。對世人，也應該是這樣。」

微感尿意，芝學心神重返剛剛那封令她喜出望外的信。

連日奔波調查，終於有了回報——愛爾蘭傳來幾張照片，來自都柏林市區咖啡館的監視器，安東尼與一男子進行不明交易，畫面再粗礪也不難辨識尤易威容貌，誠如芝學所料，夢芳徹頭徹尾被這位公關經理給設計了。

哈，該怎麼下標呢……

強抑狂喜，芝學暫不告知夢芳這爆炸性發展，「補補妝吧，不然等一下攝影師要怎麼拍照？」她好整以暇，欠欠身子。

但千真萬確，她也從夢芳眼底看到全盤吐實的原因……

自古以來便強大無比的那個原因：愛情。

# 第十八章　犬

餐車急停。經過這一切，程爾已擅於將夢芳緊急搭載到任何安全地帶。

尤易威新聞見刊八鐘頭後，飛衝下車的夢芳，花了好一會兒才消化掉守候清苑華廈一樓那群狗仔的字字逼問。

程爾愣望她趴跪的身影，一籌莫展，他無力辨識夢芳對這一切究竟知情，抑或又是另一齣戲。風聲颯颯，起碼慶幸這沙灘離流言蜚語夠遠。

「那些人不會追來，妳安全了。」

少了一人，少了指手畫腳、雞同鴨講，分外凸顯程爾手語所能盛載、傳達，相當有限。唯有透過觸摸，他才能變成大人。

「把尤易威忘掉吧。」

他拿出三明治，將夢芳帶到遠處海蝕洞坐下。

手上多出一塊三角形，她摀住嘴。哭了。

「怎麼了？」程爾錯愕。

低頭看，他了解到，原來兩塊三明治蛋黃分配不均，他給了她幾乎一整個月亮。

要她問，他才準備回答為什麼對她這麼好。

但沒問。她只是默默和著淚水吃完，哭完。

程爾心想，倘若自己能講話，聽起來會像什麼？假設他從彼岸點燃了一炬火，剎時亮起，那就是了。

生平能讓他猜揣自己聲音的人並不多。那夢芳呢？她跟安東尼曾緊擁的，老去的想像，禁不禁得起變老？又或者，安東尼一回來，改變主意只想跟夢芳當朋友也說不定。無論如何，他無法不像忠犬一樣守護他們。

「妳為什麼哭了？」

「你不會懂的。」

「為什麼？我不能說話，不代表我不能傾聽、不能感受！」一下子他眼、耳、鼻全都圍上來盤問她。

不可能單單掀啟一個秘密，她就往他內心深處多移一寸。

不會。「知道嗎？程爾，即使我現在看著你，即使我知道你是世界上最好的人，我都難以擺脫一個事實——就算尤易威被踢爆買通安東尼來騙我，被唾棄，被逐出名流飯店，不表示我就安全了，真正的魔鬼不是尤易威！」

「那告訴我，魔鬼到底是誰？」

夢芳猛搖搖頭，「如果我能證明安東尼是真的，那不就代表我徹底擺脫了那個魔鬼？當安東尼變成全新的安東尼，誰主使，也不重要了。」

「告訴我怎麼找到魔鬼！」

「呵，你不是他的對手。」

「他到底是誰！」

「如果你是那個魔鬼派來的，一定要告訴他這些話。」

聽到這，程爾狠吸一口氣。

「安東尼告訴我，他在愛爾蘭有女友。」

「他……？」

程爾平靜地繼續敘述，「他在旅館樓下洗衣店告訴我的。」他無須為詳述這些事而感到抱歉，「他說，他愛人生病了，他只是暫時離開。」

「你在暗示我，時間一到，安東尼會棄我而去嗎？」

「他愛人生了一場大病。」

「你別說了，我不要聽！」

「他可能說謊。」

「你也可能說謊！」

「妳知道我不會！」

「不，不對，你把旗袍拿走了。」踉蹌起身，她不想面對，「那是安東尼給我的！你為什麼拿走？你藏在車上對不對？」

赤著腳，夢芳轉身走向餐車……

天未暗透，釋出鵝黃微光的餐車遠看像著櫥窗內的玩具車——夢芳不覺加快腳步，跳上餐車——

她看到牠，趴臥等她。

是等她沒錯。牠一跟她對眼，就站了起來。

牠在這多久了？一個聰明、隱蔽的車尾左方位置，低調食客專屬靠窗座。

程爾……

她默念。

小心翼翼後退，這隻棕黑獒犬喉內，一坨越滾越大的痰，正警示她別輕舉妄動。

灌滿血絲的眼白，簡單明瞭的殺戮。牠是無辜的，牠奉命而來。

夢芳從未同一隻動物產生此般默契。明是牢牢對望，兩雙眼睛卻都直視她墳墓方向。

再見了，安東尼。

獒犬往她撲去的同一頃刻，有個龐然大物襲倒獒犬，她一度以為那是隻巨大蝴蝶。

車內一切陡然甦醒。

程爾緊攫住獒犬的肚腹，混亂中不知道怎麼告訴夢芳，快逃。

夢芳退了兩步。

快逃。

夢芳快手扭開身後門板，跌坐駕駛座亂摸一通。

獒犬血口大開，跟程爾扭打一團——越混亂，程爾越可能掌握一線生機。夢芳快速轉開鑰匙，不只手，她腳不快一點，程爾就要沒命。

跌坐的程爾赤腳踢踹獒犬頭部，抓起木椅，想將靠背往牠猛套——車向驟轉，椅子離心彈飛——他急退，亂手一撥，流理台壞掉的木門咚一聲擋去利牙。

這隻猛獸一個勁衝向駕駛座——目標不是他，但仍得先解決他。搆抓桌沿，程爾伸長腳，踢上門板。

不准碰夢芳！我不准！

他矯捷躍起抓住天窗折梯，雙腳往利齒踹去——豈料同一時刻，夢芳怒踩油門，人狗往後直摔，有如失重太空船。

痛啊——

混亂中程爾被啣住了臂膀，牠稍一正常發揮，他骨頭就要粉碎。彈落一地物品，程爾就近抓住那根箭，奮力一刺——

這一刻，程爾跟獒犬的痛嚎，都異於常人。

後照鏡內砂石道路正搶食輪胎，彷彿車下也一群獒犬。

直到一隻狗尾巴對著後照鏡招手，夢芳見狀往左怒旋方向盤——

砰！

大樹擋住去路。

車頭毀。

點菸器彈起。

「程爾、程爾！」她打開門板，鵝黃光下，血跡呈深褐色，她看到獒犬置身一片狼藉，凶狠而疲憊。

程爾死了？

涕淚爬滿臉，滴落她緊握復仇種子的手。

復仇的手不覺往儀表板摸去，車廂瞬暗。

就算月光困在獒犬凶狠的眼裡，她也不想示弱，就算一口致命，她也不可能退縮。然後，她聽到自己鼻腔也發出犬獸痰音，輕輕發動，腦海中黑色蝶翼呼呼呼划槳而來。什麼是黑？這就是黑。她終於領略，願不願意，黑暗都將帶給她強大力量，身上一對黑翼，將煽起一陣令世界後退的狂風——

等鳴槍。

雙方默契如此強烈，一次痛快了結吧！

反手抓起點菸器，夾於食指跟中指──

流星的指令，瞬間湧入手掌心，夢芳張開蝶翼，扛起無與倫比的美麗，一股猙獰的力量，活生生附著於她雙臂、胸膛、牙齦……

只見流星劃了個弧，往獒犬血口直直墜落──

夢芳雙腳離地，飛了起來──

# 第十九章　一個需要愛的男人

廚房中島這位置特別適合剝蝦，動作一大卻略顯侷促。

要怎麼弄出一道跟母親手藝一樣好的涼拌海鮮？

小不點認可才算數。

尤易威停不下弄蝦的手，或許鮮蝦不該去殼。女孩這年紀該學著自己剝。

「爸爸，你看啦！你為什麼不看。」

跟這雙水汪汪大眼對看，令他稍顯吃力。女孩聲音沒變，心智停留在母親離世那一年。六歲到八歲，細數不出成長刻痕，做爸爸的憂慮之餘又不宜過度操心。

「爸爸——大野狼要過來抓我啦！」

可能是這些字句將女孩鎖存於某個階段，某段經驗，某個驚悸的日子。

尤易威不敢直視小女孩的眼睛。小不點眼裡有奇怪的尖銳物，一靠近，又不復見。

但最後勾走他目光的，是一旁的史迪奇玩偶。

「那是誰給妳的？」

「爸爸你猜！」

「是夢芳阿姨給妳的嗎……」

尤易威靠近一步，彎身問道。

小不點將玩偶遞給尤易威，困惑的他愣愣收下。

接著，只見小不點高舉雙手，握拳，伸出左食指，指著右拳頭。

啪！

小女孩嚎啕大哭，頭也不回往房間奔去。

尤易威不禁啞然，低頭看看右手剛剛做的事。妻子離開後，客廳慢慢變成遊戲間，有時候，他用意志對抗這個場景，才發現多出一個沒有買的玩具。

一通來電解救了他。

「葛夢芳的事你怎麼處理？」

「不理她——」尤易威發現小不點又出現，速速閃避，腰撞到中島一角，

「Rex，我在做菜。」

「小不點在旁邊？」

「我在做菜。」

「好，我懂了。你的桌拍套還沒洗好。洗好後，我會放回你的置物櫃。」

「順便加個塑膠套，國際球友送的。」

護理師視察了一下患者鼻管，撥撥血壓計壓脈帶。

一小時前醫生那句「傷患身上多處咬傷」和另一句「深可見骨」都是缺乏想像力的句子，它們擺不平周遭隱隱然的詭譎。不尋常的深紅傷口宛如鍊珠一串一串丟到傷患身上，牢牢嵌咬。

例巡後正要離開，護理師手腕被抓住。

「他怎麼還沒醒？」

護理師安慰床邊滿眼血絲的夢芳。「等麻藥退了，慢慢就醒了。」她但願夢芳別太早目睹患者紗布下臉頰撕裂傷，「現在凌晨兩點，妳也早點休息吧！」先睡飽再面對也不遲。

「妳隨時都在嗎？」

「都在，床頭這按鈴，按了我就來。」

其實夢芳懼怕。唯恐護理師走後病房空了，獒犬吠叫聲悠悠爬返。程爾若知道她這麼想，該要多傷心。

浩劫過後。胃中央，餓的意念比扁鑽還挑釁。

幾個月來，空腹與程爾手藝已密不可分。程爾是這麼誠心誠意填滿她的生活——不，加入她的生活，只要被視為小倆口的一份子，他就快樂得小孩子似的。

兩小時前，當她負氣走回餐車，程爾一定張頭憂心她不再回來，而及時直擊高過窗的獒犬。哪怕他憂心一秒，她都罪該萬死。

「程爾，」她輕喚，「我……」

嘴裡是混亂中咬破的血味，她將他從頭到腳看一遍，細數為她而生的每個傷口。

「程爾，你有了全新的傷口，它會變成全新的疤痕。等到結痂，你就跟我們一樣了。」

「跟我和安東尼一樣了。」

「以後有什麼話，這些傷口會替你說出來。」她撫摸他宛如防滑塑料的掌紋。

「說出來，就不再痛了。」她拳頭依偎在他沉睡的掌心。

她盼他順著痛，用力把很多話記住。

「我很喜歡你。」

「你是我的好朋友。你為我做了很多超過好朋友的事情。」

「但是——」他手一定聽得到。

夢芳忍住哽咽，朝程爾手掌心一筆一畫寫下幾個英文單字：

I

GOT

TO

FIND

HIM

「你一定可以找到你愛的人，一定可以。」她記住血味。牢牢的。

夢芳寧可不去看程爾眼角滑下的那滴淚，更不忍判斷那滴淚緣自哪裡。

擦擦臉，夢芳走到護理站，攔住剛剛那位護理師。

「沛靜。」她看看她名牌，「我可以叫妳沛靜嗎？」

「有急事嗎？」

「有件事請妳幫忙。」

「嗯？」

「在剛剛那位病人面前，假裝以為我是他女朋友。」她吸鼻水，笑笑，「可以的話，告訴他，他很帥。」

護理師想了一下，點點頭。她想必答應過很多事，這不算什麼。

應允即可，夢芳不奢盼這世界給她更多嘴角反應。

何況夜了，大家都累了。

夢芳沿著樓層往下找美食街，滿腦子泡麵、熱水、毛巾等過去一個月程爾會張羅好的日用品。久未走入人群，摩肩擦踵充滿了未知性，尤其電梯這種一開一闔的設備更教她望之卻步。

誰知道喧嘩的一樓，東南西北繞著她旋轉起來，不知不覺誤闖急診室。看著往來傷患不同程度的紅色、白色，穿梭於此無人關注她是誰，心生一股僥倖。

她嘴角一笑。一秒，笑意原地消散。

我還是離開吧。

夢芳驟轉，撞見身後一張熟悉臉孔。

「順源，你怎麼在這裡？」

「我爸住院。」未穿工作制服的順源與一般少年無異。或許臉龐多了點憔悴。

「邱桑他怎麼了？」

「肚子痛。」

肚子痛？來急診室？

說不意外是騙人，偏偏這男孩是離暴風眼最遠的一個無害存在。

「很抱歉你生日我沒有去。」

「妳還記得我十八歲，真好。」

兩人退自牆邊，一架急速前進的擔架掠身而過。

一旁牆壁傑克魔豆身高表都追不上他了。

夢芳托住他雙臂，發現他好高了。

不知怎麼，她找到了暢快牽動嘴角的理由。

真的，短短幾個月，一切都變了。

都換季了。

「這麼冷——你受傷了？被誰抓的，還好嗎？」

「我不好，我找妳找好久。」話裡顛簸的坦誠，教她訝異。

嗚——他突然哽咽了，手往她臉索討回應。

就在這時，頸後某部位正溫柔凹陷，宛如遭插旗標下領地，夢芳驚覺順源那一根不安分食指背後的眾多手指、手勁、指紋。

「Joy怎麼死的。」她平靜問道。

「掐死的。」

夢芳歪過頭想用力咬住自己上臂，眼淚立刻浸透衣袖。

「為什麼！」

「葛姊姊妳不要生氣……」順源緊張描述著，「我爸幫我查到打妳的人是那女人，我跑去她家找她算帳，結果就——」

她家？Joy家？那個充盈福馬林氣味，那個K每捕獲一個新獵物，就要手術來手術去的地方？

「結果什麼！」

「她趴睡。」他嚥嚥口水，接著說道，「我看到她的脖子後面有一個跟妳一模一樣的蝴蝶。」

夢芳緊閉眼，不忍迎視腦海畫面。

「記得去年，妳來我家過夜，我偷看妳洗澡，看到妳脖子後面那隻蝴蝶，我好想摸，我好想摸那隻蝴蝶……」

**阿芳，看吧，大家都想摸妳的蝴蝶。**

「她死得很痛苦嗎？」

「掙扎得很用力所以一下子就死了。」

「順源，你還這麼年輕啊！」

「我十八歲！」他憤憤打斷，「我是男人了！我不准別人欺負妳！妳騙我，妳騙我說我十八歲就可以娶妳，可是我永遠只能叫妳葛姊姊！」

「我——我永遠是葛姊姊啊……」

「我不要！我不要！妳說話不算話——」

「誰又算話了？你說，誰又說話算話了？」她被觸怒，「一個月以來，我的處境沒大開你的眼界嗎？我搞失蹤跟我遇到的鳥事沒關係嗎？你十八歲了不起？你思春勃起了不起？非得加入我身邊那堆牛鬼蛇神才能證明你厲害？」

「身邊？承認了吧！我總算到妳身邊了——現在還不晚，跟我走，我存了兩萬塊，我們一起離開！」

夢芳緊閉眼。

「你要留下來陪那個老外嗎？還是那個死啞巴！」

「你罵誰啞巴？」一記怒吼竄出她喉嚨，「你這死小孩，走！我帶你去自首！」

「我不要，我不說誰會知道！」

只消一點力，順源便將她推撞牆壁。她無法停止多想，同一雙手，可能對她做出其它什麼。

「你瞞不住別人的，就像你說的，你已經十八歲了！」

「十八歲……」十七、十六、十五、十四、十三、十二——「不，人不是我殺的，我要走了——」他節節後退。

「走？你能逃去哪？我都逃不了了！」

「我要去找我爸了。」

夢芳不忍直視順源離去的背影，只能撐扶最近的柱子，沿著滑坐。

對面是一雙大眼睛。小女孩盯著她看。只懂得為痛楚流淚的六歲，圓亮黑眼珠，透滿天真的晶瑩。身後米白牆板，是女孩最合身的底色。一旦女孩走開，世界就要轉暗。

白袍來來去去，帶來一些什麼，帶走一些別的。她想像Joy那一雙揮舞求救的手，跟一個月前猛如獸的利爪竟出於同一靈魂。夢芳再也不忍多想。

毫無疑問，有一陣暈眩穿透她身體，確切來說，一群星星，她寧可那是一片星空。星座，星象。那些與兩個大男孩，促膝草地談天說地看星星的夜晚。溫柔的曖昧流通於體膚縫隙，那才是星群值得一遊的通道。

恍然領略，他們離開她最好。只是，身邊還剩下什麼可以離開。

兩個字穿過她腦際。

程爾醒了嗎？

程爾！

# 第二十章　過敏

三樓三〇八。

心中默念這數字，她衝到轉角，遠處那個剛滿十八的男孩，正走入病房，手上垂著一把十字弓

「順源！」

衝去短短那幾步，不明物品砰一聲率先貫入耳畔。

她急停病房對面白牆，看到順源轉身，她絕望地沿牆滑落——順源咧嘴笑，笑出了血。

十字弓看著她——

她反應不及，耳側咚一聲。

順源帶著一臉殺戮，蹣步走來，眼看程爾安危未卜，她卻只能扶著地板狼狽

後退。

一個算錯習題纏著她訴苦的男孩，一個燃放天燈許願將來要當她男友的男孩，一個對著生日禮物微笑掉淚的男孩……現在天燈飄回來了，也許降落白色樓塔，投映男孩眼底儼為兩把熊熊烈火，假如他殺了她，絕對是為了延續他此前所作所為，而不是恨她，不是不愛她了。

她聽到體內不明絲綢綻裂，不明節拍聲隨之漸大，喀噠喀噠敲打耳畔，越來越急促——

在順源將箭尖瞄準她額心的同時，夢芳終於確定，是K。

「他來了……順源，他來找你算帳了……」

她搶下十字弓，擱放地面。

「我們快走——」

腳步聲。宛如踢踏舞噠噠作響。地下是空的，隔牆亦空無一物，世界空蕩蕩足以擊奏一首鼓樂。她能想像K踢跳舞步前進，清脆鞋聲佔據整條迴廊，世界正按他的宏圖運行。

「來不及了！」

周遭充滿Ｋ弄出的細碎翻頁聲、金屬撞擊，她的方向感，迷失在充滿酚味的甬道，彷彿一顆蟄伏的蛹，徬徨著如何破繭。

拉著順源，找路，放眼望去，白色長廊蝶翼，窸窸窣窣，竄滿她耳道——耳壁刺痛教夢芳糾緊眼，一隻逆光的手拉住她，往前拖行——

那隻手將仰面的她拖過觀眾席木座椅下的方形甬道，光線篩過木椅縫隙，蝴蝶黑影啪啪作響。她可以想像飛翔時，蝶兒們有多引以為豪，夜空在牠們眼裡，是片大可一口吞下的夢境。棒球場觀眾席空無一人，孤留遠方一角照明。

手貼手，掌紋她認得，那是Joy的手。她感受到蝶翼沙沙沙刷動著耳道內的纖毛。夢芳難受地轉動脖子。

「別恍神了，夢芳，我們快走，妳不能困在這裡，我找妳好久！」

剛剛的球賽，比分是多少？

結束了嗎？不，才剛開始。

視線透過座椅縫隙看出去她已經分不出那是一群小蝴蝶抑或三、五隻巡邏的巨蝶……

**夢芳，妳要去哪裡？比賽還沒完呢！**

耳壁沙沙噪音迅速膨脹，她發現那不單是鼓譟的蝶翼，也包括觀眾扭動座椅，口哨聲此起彼落，被氣到捏爆的啤酒罐——比賽還在進行嗎？我要出去看看……

「Joy，人為什麼都不見了？」

「不要問，什麼都不要想！」

蝴蝶撲動巨翼，龐然飛近。

有股不明力量，薄紗般拎起夢芳。要飛了嗎？耳道快要爆裂的夢芳，感受到雙臂血管內流竄不明液體——痛啊！她尖吼出一頭獸——

「讓我走！Joy，讓我走！」

遠自隔世的獸吼，她拒絕前進，Joy卻強拖也要把她帶離這裡，「快到了、快到了，出口就在前面！我們去躲起來！他快來了……」

他快來了，K快來了——

前方一個去向幽秘的走道，後方蝶群沙沙沙殺伐而來。

觀眾席滿滿的蝴蝶在為她喝采，她知道，自己即將化為蝴蝶的信徒。

信徒，呵呵，信徒之一。或許她正移動於自己腸道，將搖籃記憶刮出一道道血痕。無所謂了，一切都無所謂了。

「夢芳，妳什麼都不要想！他正在侵蝕妳、催眠妳，妳不要相信腦海的畫面，那不是真的！」

那些童謠中飛來的蝴蝶是無辜的，它們不過聽從一個為姑娘們訂做花花衣的指令，沿著畫好的航線，朝她們身體直撲而來，就是現在，不可能改天，亦毫無減速的可能。

「來不及了……」

「不，來得及！」

Joy撬開鐵櫃將夢芳整個人塞進去，烏漆抹黑中，夢芳聽到櫃門外Joy對蝶群發出野獸的嘶吼，她能想像，蝴翼如何一刀刀劃破Joy喉道。

撕裂了她。

**阿芳**。

「啊——」

白布中央，一滴血，擴染。佔領一切。

當蝶翼從雙眼散去——她看到醫院長廊盡頭落地窗是順源逆光身影。

「順源！」

他手握一瓶不明液體，舉高，微笑，往頭上倒。

她看到順源頭髮嘶嘶冒煙，「順源……」她筋疲力竭，往前一步，兩步，三步。

「不要，順源……」四步，五步。

沒走完，一隻手蒙住她口鼻。

×

你不打算將車子刷回藍色？

芝學將繞在舌尖這句話嚥了回去。這位老友埋頭修補前車燈，她都分不清程爾跟這輛賴以為生的小夥計，哪個狀況較不堪。看著他停不下未癒的手，芝學姑且抑制對駕駛椅上十指印的好奇心。

「醫生說葛夢芳一點傷都沒有。你被狗咬到差點沒命，這人竟毫髮無傷。」

程爾不語。

「女超人，飛出醫院。」

鏗！

「我今天不營業，妳可以走了。」

「你別出力。我也被笑夠了。」說著，她洩氣望別處，「我知道上一篇報導是個笑話。」

程爾搖搖頭，不表意見。

事出於眼尖網友踢爆「愛爾蘭兩男交易」截圖日期有誤，咖啡館老闆堅稱為四月監視器影片，一旁女客腳上那雙NIKE運動鞋竟八月才上市，意味原圖為葛夢芳匯款事件之後。這搞得《迅週刊》灰頭土臉，沒有鐵證指出尤易威「事先」買通安東尼，整件事變得充滿想像空間。

「不過，尤易威那席請辭聲明，說得可真漂亮——既巧妙迴避自己是否為事件主謀，也不出示出境紀錄自清，一副老神在在，存心看《迅周刊》出糗。這下好了，全民故事接龍，有人說上演男男戀，有人說遺產爭奪戰，最有趣一種版本是，尤易威不遠千里雇用安東尼來台實現葛夢芳的綺情美夢……」

「妳別猜了，就是這個版本。安東尼照片被盜用，他是收錢來台灣的。」

「啊？」芝學強嘸錯愕，「……你早知道是尤易威？」

「安東尼坦承被人僱用，但堅持不透露是誰。他說，怕有危險。」

「騙子果然跟你招了。」

「至少他有誠信。安東尼是我朋友，若要叫他騙子，請妳離開。」

程爾比完轉身，芝學緊隨。

「他都表明是假的，你還叫他安東尼？」

「比妳真誠多了。」

「怪的是，尤易威索性搞失蹤，不出面解釋了。」

「別問我，我跟他不熟。」

芝學追入用餐區，車內一片狼藉，任何凹損處，皆恰恰容下程爾貼靠額頭大哭一場。

「我既然刊得出那一篇報導，代表我承擔得起自己安危跟你們綁在一塊。」

芝學抓起一支摔殘的攪拌器，丟出窗外，「你以為我沒內疚過是不是我害了你？害了葛夢芳失聯？害這裡飄滿狗毛？」

程爾不答，窗外那片綠油油草地，依稀傳來兩男一女笑聲。

「沒辦法為朋友做什麼，但是為了朋友我可以試著不做什麼。」說完，她蹲下來，地板一片驚怖。

「這是什麼？」

程爾聞言衝過來，又失望離開。

「你在找什麼？」她立刻察覺。

程爾搖搖頭。

芝學追問，「說啊！有事別藏著，你還想找到她吧？」

「我在找一件旗袍。」

「旗袍？」

看完程爾快手交代那件不翼而飛的旗袍惹得夢芳歇斯底里，芝學分不清他是氣夢芳誣賴他拿，還是氣夢芳對安東尼毫不死心——定情之物這麼大一件，拿了又有何用？給誰穿？

「旗袍哪裡買的？」

「我給安東尼的錢。」

「我問店在哪裡啦！」

一時解釋不清，程爾抓來她手機，按了半天，怎麼都查不到——他捧住頭，芝學順著他的煩躁，蹲下來望住他。

「你在想什麼？哪裡不對勁嗎？」

她看著程爾煩躁搖頭，與其說沒什麼，不如說不想面對什麼。於是她小心翼翼趨前打探，「程爾……」

「訂做旗袍那天下午，安東尼好像早就已經約好這家店，而不像臨時起意。偏偏，我們是早上才抵達彰化。」

「這就怪了……」芝學咬住下唇想了想，「老外私人物品都擺哪？」

只見櫃門一開，刮鬍刀，衛生棉，《亮領雜誌》一本。

「沒了？」芝學錯愕。

「沒了。」

芝學怒瞪封面人物尤易威，二話不說往上拋。

她探頭看天色，「你這破車開得到彰化嗎？」

店家已不在原地。

「你確定是這裡？」

小地方多繞幾圈，程爾確定路沒錯，鐵門深鎖，絲毫看不出曾是一間旗袍店。探問了隔壁燒臘店，吃驚的還在後頭：「店開了不到一個月。」燒臘店老闆說。

「出入都哪些人？」

「一開張裝潢得古色古香。老闆娘也沒什麼露面，不像這裡人，反像千里迢迢來這裡打卡。沒客人，沒宣傳，有時中午也不做生意，我老婆還懷疑是旗袍主題遊樂場什麼的。太怪了。」

「妳意思是，老闆娘其實是受聘來演老闆娘的員工？」這話有點繞口，芝學還是說出來了。

「呃，負責人名叫孫世傑，我打聽了一下。」

一聽到竟是名流飯店董事長。「這名字……」正當訝異，芝學觀察到程爾一副狀況外，他側頭，窺看窗縫，窗內景勾起他一絲笑意。

芝學也不忍驚擾他。陽光刺目，皮膚又癢了，她不由得扭了扭身體，乾脆背貼水泥牆，感受凹凸不平的粗礪，摩擦連日冒出的疣。她閉上眼，那畫面又出現了，宛若癢與痛之間才懂的窸窣耳語。

好舒服。

「你說夢芳變了個人，拿鍋砸你，還脫光跑去頂樓？」

十分鐘後，程爾丟了一條止癢乳膏給她。

「安東尼失蹤她又變正常了。」

「這我知道，我才剛專訪她咧。」

程爾主動後轉迴避，芝學才遲疑地將手伸入上衣，忿忿塗抹背上的疣，「從上個禮拜開始過敏復發，也好，多做點事情止癢……」

「不過我真的很好奇，以前從沒看妳過敏症狀這麼嚴重，妳是不是去了哪裡，碰到髒東西？」程爾比完，芝學遲遲沒回應，他才想起自己背對她。

「你剛剛說到夢芳跑去頂樓，真讓我想起什麼。」

一個念頭令她飛跳起來，「給我！那本雜誌——」芝學攔腰翻開《亮領雜誌》，恰恰是尤易威的微笑。

再翻，隔頁果然是那張刺目無比的〈鑽石〉。

「程爾，夢芳有跟你提過這顆鑽石嗎？」

「有一次，她要求我帶她回飯店。」

「去做什麼？」

「她……」程爾憶起夢芳從大門走入，絲毫無畏旁人目光，她入神的側臉，虔誠的步履……

「我記得那個時候，夢芳站在飯店大廳，全神貫注看著那一幅畫，我從未看過她有這種表情，好像，那幅畫對她來說是一種信仰。」

「安東尼呢？」

「安東尼佇立外面，遠遠觀察著她。」想到這裡，程爾不禁抓起鹽罐、胡椒罐，繞著紙巾座，以標示夢芳與安東尼的位置──他努力回想，安東尼慢慢移動，越站越遠，直到隱沒在池塘邊的樹叢。

「他躲進池塘？」

「不，他抬頭。」

「抬頭？」

「看天空。」程爾不禁模擬起安東尼的姿勢。

芝學視線順著程爾下巴上升，當她定目車頂一枚鏽漬，那形狀宛似某種昆蟲的翅膀，她不太確定，畢竟不那麼像。

「是頂樓！」

胡椒罐應聲落地。

「我怎麼沒想到呢——大廳那幅畫過兩天就要掛回頂樓總統套房！」滑手機再度確認夜宴套房剪綵日，芝學咒罵得越來越篤定。「怪不得騙過她的錢，還千里迢迢跑來台灣勘查地形。」「這顆鑽石紅到愛爾蘭去了。尤易威一定也有份！」

芝學念念有詞。雜誌捏爛前，「回台北，天要暗了。」芝學看了一下天空。「天降紅雨我都要把這群人渣揪出來。」也不顧程爾筋疲力竭，回程她咬牙切齒。

# 第二十一章　入席

照舊，眼未睜，便醒。

黑暗正監控著她，她不該貿然睜開眼皮確認身在何處。她的世界，無動靜往往相對安全。

這麼說吧，依經驗，夢芳清晰聽見自己漲潮的厚重氣息，只在全黑的夜晚。全黑式的驚怖，她心肺格外有力。肺葉一伏一起衝頂肋骨，宛如籠內掙扎的蝴蝶，鱗粉隨躁怒的蝶翼賁飛，求救的懸浮粒子，比塵埃美。

甦醒已有兩分鐘，她還在尋找線索，深怕一動就發現全身癱瘓或觸動哪個炸藥按鈕。她甚至從微緊的腰、頸，確切知道自己身著改良旗袍，貼身度告訴她並未昏迷五年這個好消息。至於誰幫她換上的？壞消息，絕不是安東尼。反正誰路過她身體，都不意外了，就連旗袍裙邊打算留給安東尼修補的缺縫，也狡黠地闔上嘴，靜觀她處境變化。

倘若她不急睜眼，便充分掌握不讓人察覺她已醒的優勢。

但別裝傻了葛夢芳！她當然知道這是哪裡。法式躺椅，身軀呈Ｌ舒適貼合地心引力，她感覺到頸子挨著流蘇一整夜的疼，感覺到水晶電梯聳立十七呎樓中樓正中央，蘋果梗似的。她聞到豪華擺設漫開的貴氣，聞到那一抹不多不少的藍。

耳邊依稀泛著水聲。強風拂掠露台泳池所致？抑或夢境？

**阿芳，可以睜開眼睛了。**

睜眼同一刻，瞬亮的燈並未刺得她瞇起眼。

夜宴總統套房一切，完美吸納光色。她能想像膚色正呈柔美的米白。

聞到了，摯愛，近在左側。

「妳真是我所見過的女人當中，最入戲的一位。」

「安東尼……」

千真萬確，安東尼的愛爾蘭腔。

「可惜戲演完了。」

很近。安東尼也換上盛裝，不奇怪，一身煥亮是進出總統套房的通行配件。

金髮披蓋墨綠軍服，形成桀傲不羈的搭色，那是夢芳曾憧憬被溫柔包圍的王子的色澤，遠從愛爾蘭天際飄飛而來，微帶煙硝香氣，落定這張真皮沙發。面畫的沙發儼為套房的單人主座，背向夢芳身處的靠牆方位，左邊則是落地窗，安東尼右臂好整以暇搭放沙發肩膀，衣色巧妙襯入沙發色。

依剛剛那句話的語氣，這套軍服，可能是最適合他的一套。

「瞧妳真的把旗袍穿過來了，沒想到這裡就是我們的蜜月套房。」

這話令她更加不敢貿然接近。

「才幾個字而已，卻要搞那麼久。我真的好累，這是世界上最難找的一組阿拉伯數字。」

「安東尼你去哪了？我找你好久……」

「我去哪裡了？」他輕嘆氣暗示她真的沒救了，「南瓜車好睡嗎？這麼美的鑽石近在眼前，妳竟然問我去哪了？過去一個月我們繞了一圈又圈，妳看哪個地方跟畫一樣美？」他一笑，下了結論，「可惜是假的。」

「你真的是安東尼嗎？你在說什麼？」

「還裝傻？實在搞不懂，幾個數字而已，弄得像一生一世。這些數字湊起來，最好真有那麼絕美。」他頭微微一側，以眼角睨視後方的她，「有愛情妳就飽了，不用錢也可以過得很好。交出密碼，我就畫一個大大的愛心給妳。」

「什麼密碼？我不知道什麼密碼。」

「密碼！」他怒吼，「跟指紋綁在一塊的密碼。」

「安東尼……」夢芳急得哭了出來。

「不說是不是？好，那妳就當妳的灰姑娘吧。」

一如假畫盯著她看，安東尼，也是假的。

水聲。這回是真的了。一個身影冒出泳池，聽測約莫一百八十公分的身軀。灑濺的水滴隨一雙大腳畫出一條水跡。別擔心，海怪不會平和地穿過落地窗，輕腳走入大廳，抓來浴巾擦乾身體，循序有致地擦搓頭髮宛若夜晚才剛揭幕。男子甚至沒察覺夢芳的存在，簡單交互蹲跳，從容落實例行運動，最後轉轉手腕，執起桌球拍。

乒乓球彈彈跳跳，清脆往復，每一聲都有備而來。

「最近天氣冷了，白金會員開始回流，十二月還有一波。」

「……」

「夜宴總統套房訂單都排到明年去，再不剪綵不行了。幸好董娘還在國外逍遙，拖一天是一天。」

「……」

「消毒味不會讓你不舒服吧。」

「不會。」

「不趁這兩天，也沒機會了。反正人生不缺最後那幾年。」

「……」

「可惜一剪綵，這球桌也要撤了。沒有你，還找不到人陪我多打幾輪。」

當尤易威不穿西裝，不鞠躬敬禮，諒誰都難認出袒胸的他。

他渾厚宏亮的嗓音，也格外清澈，跟咚咚跳動的球簡直絕配。連外行人都看得出，尤易威保留實力，也主掌球速規律。

夢芳視角有限，加上角落燈光偏暗，夢芳看不出對打的球手是誰。

安東尼不再作聲，也不像聆聽者。

一動一靜，四人分據兩個世界。

「他人好多了嗎？」

「好多了，謝謝尤經理關心。」

打了哆嗦，夢芳認出那來自陰影的聲音——邱桑。

球聲來來去去，尤易威盤點日常似的笑了：「我們家小不點，昨天問我：『爸爸，這次我們要去哪個國家玩哪？那裡有迪士尼嗎？』哈，生了這寶貝女兒，還能怎樣呢？前世的情人，只能認命了。」

他那笑聲附著於空心球體，撐大了夜宴套房。

「董事會已決議換掉『夜宴』這名字，要訂為鮮豔的『豔』或其他同音字，結果出來，我也不在了。」

夢芳嘗試移動為藥劑所牽制的身體（她猜是肌肉鬆弛劑），痠痛滲佈全身，各就各位。夢芳很清楚球聲咚咚咚監視著她一舉一動。

她順著尤易威的話往右勉力挪移，夢芳只想看清邱桑臉的善或惡。

又一步，再一步。直到發現他好像一棵隨著球向而斷續換姿的樹，一次次，毫無表情。

同一時間，她也從沙發木腳目擊安東尼的血。她往前急爬，發現安東尼兩腿嵌在沙發裡——是的，沙發被鑿出一個大洞，緊緊拘困安東尼下半身，他兩腿以一種被銬的形式另從沙發側兩洞露出。

「你們到底對他做了什麼！」

安東尼眼角這才滑下一滴淚。只能照劇本走，一句抱歉都不宜多說。

夢芳跪坐，趴伏地毯痛哭，哭聲響遍總統套房。

尤易威一拍殺球，尖銳笑聲劃破夢芳的啜泣。

他擱下，伸了個懶腰，走到〈鑽石〉前兩公尺止步，恰恰避開畫框上方的監視器，並煞有其事賞玩著畫中意境。

「總算掛回來了，真美。大廳來來去去的客人不配近距離賞這幅畫。還記得小時候，爸爸常帶我去露營，爸跟我說，那種木樁要槌進深處，帳篷才牢固。」

他踢踢安東尼膝蓋，「後來想想，這就是所謂職人精神。就像這幅畫，搭配粉彩筆觸，做出藍色與橘色的漸層，這是看不見的價值，鑽石這畫名取得好！雖然畫價全憑哄抬，到底也是職人的心血。我不懂畫，但我懂作品。高級沙發是作品，把人插在上面，是作品。」

尤易威拿出一把瑞士刀，啪一下露出刀鋒。

邱桑走過去，推倒夢芳，緊按在地。

「還記得孫董死前兩天，約我喝酒。他說，鑑畫師來以前，他會把真畫換上。我不懂他意思，直到他說，易威，你的食指價值連城，『他』身上那組密碼也是。指紋跟密碼合在一塊，保險櫃就芝麻開門了，你們兩個，是我最信得過的好戰友。呵，戰友，看不到的好戰友。」

轉正臉，他睨視夢芳：「剛進名流飯店時，妳一副菜鳥樣，記得有回午餐遇到妳，我說名流飯店這麼大，每個部門都隔一條街，這餐是緣分。但妳的勤奮、上進，像一個閃亮的存在，橋梁一搭起，緣分都不緣分了。夢芳，妳像一顆河裡的金礦，迷失湍急洪流，人們搶著將妳挑出、磨亮，妳的人生不宜有任何遲疑。」

尤易威望向畫：「果然，妳也愛鑽石。有一次，不知用哪來方法，妳弄到了鑰匙，藉故進來檢查消防系統。實不相瞞，當時我就在二樓，看著妳站在畫前看癡過去，一臉要將鑽石一口吞下。夢芳，妳身上那一組數字，是九碼吧？瞧，男人直覺也是挺準的。」

他視線自畫移開。

「我甚至懷疑是妳殺了孫董。」尤易威端詳瑞士刀面上閃映的燈飾。「不瞞妳說，我也動過這念頭。」

# 第二十二章　上菜

在監視器眼裡，〈鑽石〉這幅畫多了一分蕭索。

前兩分鐘，程爾、芝學硬以前幾天親眼看到的名畫與Google圖片略有出入這種憑肉眼認定的差異，纏著Rex不放，總算突破萬難混進三樓監控中心，Rex特地支開監控主任老賴，挑明只給芝學一根寶馬濃菸的時間。

「監視器只看得到總統套房這個角度？」芝學問了第三遍。

Rex只好覆述十分鐘前的說法，「門內有紅外線偵測，門外有一大堆監視器層層把關，還缺哪樣？如果你是賓客，會一晚花五十萬住在一個掛滿監視器的睡房？總統套房只有一個入口，誰潛進總統套房，瞞得過誰？」

芝學暫且將這個說法放在心上慢慢消化，改口問：「你沒跟尤經理聯絡？」

「妳試過愛爾蘭嗎？貴社送他的可是不小一段假期。」

「你以為我不知道你也找不到他？」

「我以為妳什麼都知道。」

「我想通了，尤易威不肯對外自清，一定有什麼把柄落在夢芳手裡——你知道這代表什麼？」

「代表妳異想天開？」

此時，程爾快速打岔，芝學連忙傳達：「代表夢芳有生命危險。」

「繼續跟你們抬槓，我有生命危險。」

程爾又有意見，芝學同意他的提議：「就當我好奇，本小姐想上樓看鑽石。」

「妳當逛大街，說進就進啊？」

「門那麼大，難說。」

Rex吁口氣，「他們若關在總統套房，要怎麼出來？誰幫他們開門？」

「怎麼說？」

「還沒剪綵，夜宴套房只有一個出入口，閒置模式從裡面沒辦法往外開門。何況，名畫上面那顆監視器全年無休，施工後大門紅外線也沒熄過，任何人通過，警報大作。最想哭是我沒權限帶你們上去參觀，妳來幫我升官？」

芝學想了兩秒：「如果我是賊，會笨到從房門進去？」

Rex 睨了她兩秒：「妳確定妳不塗藥？」放軟語氣，他剛注意她抓過滿布紅斑的手臂，一片指甲大小的皮屑，狠狠摳落，露出可怖的粉紅色真皮組織——半小時前他一度想以這個理由將她請出去。

「塗得好早塗了。」芝學不死心，「切斷電源呢？」

「葉大記者，本飯店沒必要為你們——」

「你沒回答我，切斷電源會發生什麼事？」

此時，老賴推門湊巧聽到，狠瞪了芝學，算是給這話一記回應。

「被抓去關。」

Rex 下完結論，將兩人驅逐監控中心。

「你們不負責賓客消夜？」

踉蹌了幾步剛好路過展演廳，芝學索性表示想參觀，Rex 連忙抓著她快走，卻沒發現程爾停下腳步，走入了展演廳門內，昏黃夜燈下，壁面壯觀，掛滿各式典藏照——一九四五年廣島原子彈奔飛天際，化作一朵亢奮的雲——一九六七年凱薩琳斯威策勇闖波士頓馬拉松，改寫女性主義進程——熱帶雨林一隻毛毛蟲爬行至葉緣，剔透欲墜——

這面鋪滿世紀軌跡的華美牆壁，也穿插歐雪帆的深焦沙龍照。摟抱愛犬，搔首弄姿，朝膝蓋吹氣都有。

「欸，你跑去哪！」一聲音終於來了。

「我哪裡都沒去。」一程爾表示。

Rex看看他剛剛沉迷的沙龍照，後洩氣移開視線，轉身。

「你不奉陪？我們自己逛。」一她喚住他背影。

「你們以為沒有我，你們去得了哪裡嗎？」

「這樣不是更好玩？」

Rex瞄瞄錶，「我看看警衛有沒有空。」

「等等！」一芝學連忙，「再帶我們去一個地方！」

「葉——」

「有人告訴我，尤易威的女兒去年被困在五樓一個儲貨間裡，這事鬧得不小，也波及一些人，讓我看那地方一眼，我就走。」

Rex吁口氣，復而看錶。

「這樣好了！程爾，我把手機丟了！與外界隔絕，你覺得這種信任表達得徹不徹底？如果你覺得我不信任你，那你把我帶來這裡，又是為了什麼？解決我的問題？也解決你的問題？兩個宇宙無敵大問號加在一起，才能天長地久？」

ATMOS 環繞音效真是不錯，新晰分明的音源方位，交織出身歷其境的三維空間，不僅高音剔透細膩，重低音更是厚重扎實，臨場感十足。當然，夜宴總統套房寬展的格局幫上不只一點忙。

錄音檔一播完，尤易威鼓掌了。

「不錯，不愧是進口音響。坑坑巴巴的錄音，還原得粒粒飽滿。」

邱桑將一盆冰塊倒入沙發凹槽，掩埋安東尼雙腿。

「安東尼，中文有句話叫『敬酒不吃吃罰酒』。」尤易威英語腔，保存當年留英的特色，「我開了一條財路，你竟想另闢私奔大道，你想永恆？先習慣一下北極。」

笑過頭，尤易威將擦完鼻水的方巾小心翼翼摺好，塞回口袋。

安東尼麻痺得失去表情能力，癱坐沙發邊的夢芳，則分不清，致她動彈不得的，是藥劑，或真相……

「有時候，愛來得太快，會讓人滅頂的。」他望望窗外，夜色正濃：「今天是唯一找出畫的機會。」

「尤經理，放過我們……」

「會的，放你們慢慢磨。」尤易威一笑。

忽來一陣尖叫——原來是尤易威將手伸入碎冰，掐住安東尼下體。

「放心，沒人會專心聽別人尖叫的！」

「夢芳，告訴他，求妳告訴他！」

「放了他……」

二話不說，尤易威一掌掃過他臉。

夢芳匍匐著靠近小茶几，偷偷伸手。

「妳在找這個嗎？」尤易威亮出手上蝴蝶刀片，「離職前，妳早在這裡偷藏小幫手，就算我們廝殺到保險櫃，妳都有機會奮力一搏，可惜。」

說著，他將刀片瞄準安東尼脖子。

「我說，我說！」

尤易威這才微微前傾，那腰弧，猶如應付客訴有年，優雅形塑而成，很快，他就要擺脫這身分，連同影子一起卸下。

「4、6、3……」夢芳將憋藏許久的數字一顆顆和著血吐出來。

輕息氣聲宛如她與尤易威間的暗號，同甘共苦、並肩作戰的無數過往，憑藉就是這輕盈默契，過關達陣。

說出也死，不說也死。

「雖然還沒驗證密碼真假，但我很高興熬到葛小姐願意開口，妳知道——要是妳早點在這段歡樂假期透露出密碼，我們也可以不必走到這一步。呵，不過，我倒很高興你們來了。這遊戲越玩，越想親眼見見你們。你們的愛情，真是我的作品。我創造它，也希望它在我手上結束。」他笑容漸漸消失，「現在，告訴我畫藏在哪裡。」

「我不知道。」

「在孫董心肌梗塞驟逝那一天，他好像察覺自己大限已近，竟告訴我，易威，畫擺在那個地方，離那個女人心房不遠。」

「我真的不知道。」

「妳以為我沒辦法知道妳知不知道？還是妳想要測試看看妳的愛人能為妳承受多少痛苦？」

「不要傷害他。」

「我都分不清妳這句話發不發自內心了。」尤易威出手撩弄她凌亂髮鬢。沒關係，想著他在小不點眼中極可能是個好爸爸，便不致太難承受。

「夢芳，妳很美，」嘆口惋惜的氣，「早個十年，妳一定躲不過我死纏爛打。飯店裡做事勤奮的人多的是，唯獨妳身上具備一種讓男人想一指挑中的特質。對，挑中妳，妳手裡所創造的每一件事情，都摻雜著七分稱職，三分即興。三分即興還帶有一分私心。這是為什麼孫董深受著迷卻不願侵犯妳，呵，他信不過枕邊人，偏偏信得過妳。我嫉妒妳每每無中生有，輕易創造他人對妳的信任，這也是為什麼我參與這齣戲，我當然得留下我的代表作啊！無論活不活得過今天，千萬別忘了妳今生最刻骨銘心的一段愛情是我給妳的。」

安東尼嘶嘶呻吟，兩腿正慢慢壞死。

「我的傑作。」這位父親認真點點頭。

一幅光塊，灑在不遠牆上。尤易威掌心一枚立方袖珍投影機，維持不可思議的靜止。

安東尼LINE個人檔案，看似平淡無奇，直到尤易威念出上面一排文字跑馬燈：「『為個人檔案選用背景音樂吧……』當初我衝到銀行，看到妳秀的截圖，便注定踩入妳的圈套。妳看準我凡事多想一步，讓我自以為看穿妳故意忘了登出安東尼帳號的戲碼，更把腦筋動到我女兒身上，在離職當天送小不點一隻史迪奇——逼誘我去愛爾蘭弄清真相，撈妳的把柄……」

夢芳打岔道：「我承認我設這個局，我承認我想得到〈鑽石〉，放過我們。我們一起把畫找出來。」

「等等，我還沒播完。妳倒是慌了。」尤易威一笑，「這張是我飛去都柏林與安東尼的午餐。再怎麼小心翼翼，都被拍到了。坦白說，這張照片拍得不怎麼樣。你們算錯一步，我早就發現安東尼殺人新聞是瞎掰、詐騙愛爾蘭女子的新聞也子虛烏有，換句話說，你們的假把柄失算了。被週刊記者挖出，也只是垃圾出土。

「不過，這讓我加速去找出他的全新把柄。下一張更精采！妳知道這張是什麼嗎？安東尼腰上的刺青？不，我費了一番心力，才查出這枚刺青覆蓋著一個手術痕跡，安東尼曾經捐腎給一個青梅竹馬，瑪亞，不是嗎？」

安東尼激動抽搐。

「別激動，我們慢慢來。後來我一查，瑪亞竟然就是《熱卦追蹤》裡號稱被你詐騙的捲髮妹，證明一切都是障眼法。我佩服你們精心布局，但更佩服自己飯店公關出身，特別懂照顧人，我早已請人將瑪亞安置好，她乖乖待在愛爾蘭北方的黃岩村。我也懷疑過，『真瑪亞』會不會又是假的？後來我想想，就算我能控制安東尼又怎樣。你們愛得那麼親密！既然陷進去，咱們就一起如膠似漆吧！夢芳，妳真是不簡單。妳不單想拿到畫，妳還想報復我以前對妳心懷不軌，妳要我親手將畫取出，送給妳。妳要看到我挫敗的眼神……直到妳愛上安東尼，打消冒險的念頭。想逃？沒那麼簡單。不被妳恨，我不甘心。」

「尤易威，你別編故事了，我沒有你的指紋。」

「很簡單，你只要攻擊我，剁下我手指。」

「你沒想過，這是孫董設的局，他存心給你不安全感？你沒想過，牆上的畫根本不是假的？」

「這我想過，直到我遇見一位慕名而來的鑑畫師。當他告訴我大廳掛的畫是假的，我慌了，我將他請到樓上，將他勒死，冰在豪華可比衣帽間的冷藏室。這也是為什麼，我一不做二不休，在你們私奔前把你們綁過來，逃得了嗎？我在餐車上裝追蹤器。也好在有順源，妳用美色養出來的小鬼，成為我最後籌碼，葛夢芳，跟我槓上妳是自掘墳墓。」

〈鑽石〉掃向她臉，她睜不開眼……

K……

「我原本很困惑，飯店四處監視器，孫董怎麼辦到的？直到有次彙報，看他書架上一本工具書露了餡——他特地去學了裝裱，就地偷天換日，我果然也搜到拆卸工具。〈鑽石〉一定藏在這豪華聖地。現在，我要妳打開妳那敏銳的直覺，它會帶領妳把保險櫃聞出來。信我這一句，打從一開始孫董便按著妳聽覺、嗅覺，來決定藏畫位置。」

說完，尤易威拿出備戰多時的瑞士刀，拉出刀鋒。

「我不陪妳玩，不會有結果。我已為這幅畫付出那麼多代價。從不打歪主意到非拿到不可。排演幾個月就是為了在今天這舞台登場。妳就算逃去月球我們還是注定在這裡碰頭，妳不把畫找出來，戲也得在這裡結束。」

尤易威將刀尖刺入安東尼喉結。

「你殺了他沒用，我不愛他，別忘了他也是見錢辦事，他死，我還多分一點錢。」

「妳愛不愛，很快就知道了……」

刀尖隨這話滑入安東尼頸項。

「我說，我說。」

刀停。

「除非你放過他。」

尤易威一秒哈哈大笑。

「哈哈，安東尼與茱麗葉。」笑到牙齒發亮，「我就喜歡妳這一點，妳畢竟不是一個瑕疵品，妳的弱點令妳發亮。」

夢芳悄悄伸出手，比了三個字。

那手語並不俐落，安東尼仍很快認出「注，意，刀」三字，並立即側轉肘擊尤易威腹肚，瑞士刀應聲掉落。安東尼用盡氣力大喊——

許多年後，夢芳或許將憶起，此刻毫不費力便順從安東尼那聲：「Meng Fang,run!」的指示，拔腿就往月光方向奔去的勇氣，從哪裡來。

咚！

夢芳鼻子撞擊落地窗——月光碎成星星，不是什麼不偏不倚，她注定要被擋下。搗鼻趴跪，卻發現安東尼被邱桑制伏在地，不管怎樣，她希望刀柄到過安東尼手裡。

「妳很行嘛妳——」尤易威扼住她頸後，「不想活了？要不要我幫妳再撞一次？」

話完她被猛摔在地，左耳劇痛導入一陣耳鳴，致使夢芳分不清尤易威接下來到底說了什麼。

「我不趁佔上風拿到畫，下次就換我丟手指了。邱桑！還記得我們是怎麼排練的嗎？我問你夢芳會不會愛上安東尼，你怎麼回答？唉呦，那個夢芳……快快快，你再講一遍。你那個語氣我學不來。」

「我，我說要把他們兩人分隔的日子抓好。」邱桑機械性附和。

「你不是這樣說的，你說一鍋什麼什麼湯的……」

「我說要煎熬她。」

「對對對，說要熬成什麼！」

「先擄走安東尼，讓葛姑娘煎熬個幾天，依她一副花癡樣，日子算對了，保證熬出一鍋淫水。」

「哈哈哈哈，」他笑到捧腹打滾。「對對對，就是淫水！」

笑完起身，玩興未消。

「親他！」

# 第二十三章　親他

邱桑意識到尤易威是命令他，遲疑了一下。

「邱桑，葛夢芳任務完成後，要獻給你兒子。安東尼也算你兒子的試菜師，你該好好服侍他。」

「是的，尤經理。」

「親！」

順這句話，邱桑上前啣住安東尼嘴唇。

「像豬一樣親他舔他吸他，快，吸他！」

兩人唇唇噝嚕噝嚕作響。

「快，再激烈一點，快！」

尤易威雙眼發紅，喘息聲漲至額頭，亢奮得簡直快滅頂——

「你二比四輸給了孫董。」

「什麼。」

她聲音判若兩人。例行彙報似的，夢芳加快語速：「我說，桌球技術高人一等的公關經理打敗了日本前國手，卻總局二比四敗給了飯店企業主，這個故事迷不迷人？這位公關經理常常說，熱賣的商品背後往往藏有一個小故事，我想，這段戰到漏尿的桌球血淚史不就是這位旭日東昇的公關經理刺到發燙的小故事嗎？瞧他彈來跳去像一隻發瘋的貓，貓教練究竟是桌球拍還是蒼蠅拍啊？哈哈。」

哈哈兩聲簡短如兩顆句點，落定夢芳嘴角兩端。

周遭一片沉默。

面無表情，尤易威掏口袋——當然，可能是任何刑具——他低頭，張開手掌，原來是一顆遙控器。

「我不打算陪妳一起找畫，葛夢芳，勸妳雷達大開，妳得一個人把〈鑽石〉找出來。慢慢想，一天之內，願不願意，戲都得演完。」

嗶。

水晶電梯緩緩下降。

「看我笨的。球拍套忘了拿。」

×

「很難相信，讓小不點嚇破膽的地方沒什麼看頭。」

「怎麼，一日遊終於讓妳失望了？」。

「這樓沒什麼特別。」她打量一下走廊壁面踢腳板，並未發現異樣。

「以後常來，特別的就是妳。」Rex睨睨程爾，「你們。」

還沒按電梯，只見樓層直直下降，數字變化牽動Rex臉部線條，芝學不禁納悶。

噹。

Rex急忙就近推開一扇半敞的房門，速速將兩人丟進去。

「原來我們真的是貴賓！」

狂笑以致合不攏嘴的芝學，一下子便撞到腰，喊痛。

「這酒吧設計也太——」

「這叫中島。」

「煮東西的中島？」

還沒適應周遭說不出的異樣，芝學便注意到牆上多出來的扶手，當即恍然——「老人房？」

「我們叫它樂齡友善套房。」

「我想起來了，樂齡友善企劃是夢芳的主意！」

「是尤經理。」

「沒錯！但尤易威曾公開感謝葛夢芳……」她立刻抽出皮包內那本《亮領雜誌》攤到Rex臉邊，「不是嗎？」

「他現在還感不感謝我不知道。」

「把他找出來！」

「……」Rex語鯁後驟怒，「去哪找？我在上班。」

「別以為我看不出剛剛電梯嚇到你了，你在怕什麼？鬼？你們誰不比鬼可怕？」她怒視這十坪大的空間，「誰想在這鬼地方住到老？」

雜誌掉落，攤開正是尤易威笑臉。

「操。」

盛怒之下，芝學不住蠕動肩膀，兩手猛烈往背摳抓。

呼吸加快，她猙獰對抗奇癢。

「妳還好吧……天哪。」Rex嘴巴不明說，芝學知曉臉上又冒出好幾顆。

旁人越關切，她越癢。

他攙她到水龍頭旁，扭開水，後看到手掌殘留皮屑，驚覺她分明就是個病人，水也不能讓她好轉。

好不容易，撈起髮絲，她稍微平復，猛猛又想起什麼，「程爾，你過來！」

她將程爾拉到中島旁，讓他腰對齊桌緣，再對照雜誌裡照片中尤易威倚靠著廚房那張通道略窄、高度也不同的中島。

「奇怪……程爾，你知道，尤易威的太太怎麼死的嗎……」

「心肌梗塞。」

芝學瞥視岔話的Rex：「你一定知道。」

「不要再猜了。」

「猜？猜對有獎？你可能不知道，敝周刊壓著一篇採訪，一直沒刊，因為尤夫人太難搞了，照片喬不攏。這位賀玉禎愛做菜，有天去超市採買，搬西瓜壓迫到神經，半身不遂。從此怨聲連連，滿口祖宗十八代，她老公怎麼可能受得了她。賀玉禎沒幾年心肌梗塞死在家裡，活活把自己氣死也不是無跡可尋。後來葛夢芳鬧上新聞，我們便把這事忘了。」

「妳……也太會編了。」

芝學白了他一眼，並低頭從手機雲端挑出一張賀玉禎受訪照片。

「最讓我感到納悶是，當年攝影師帶回來的照片，飯廳擺的是高腳椅，還六張，我就想，不是友善飯廳嗎？為什麼擺這椅子？再對照尤易威照片，這可玄了，高腳椅全撤掉了，高腳椅不就給他這種四肢健全的好丈夫坐的？怎麼賀玉禎一死，他就撤了？Rex，你覺得呢？假如尤易威設計一個不適合她的高齡友善空間，表面一番好意，反增加她發生意外的機率。」越說越起勁，她不允許任何人視她為病人，「夢芳一定發現什麼尤易威不可告人的秘密，才會被逼走，詐騙根本是個幌子。」

「妳眼中哪個不是幌子？」

「你弄得到尤易威家的裝潢設計圖嗎？」

「妳要那個幹嘛？」

「拿給專家比對，一下子就出來了。」

「祝妳順利。」Rex掉頭轉身，「記得關燈。」

「關燈，你不怕黑？」趁他停步，她繼續說，「三個人生死未卜，如果你有什麼瞞我，我沒法保證你置身事外。」

從肩背，芝學識出他對門抿嘴的忐忑。

「告訴我設計師是誰，我自己去查。」

氣若游絲的她，下了決絕的結論。

水晶電梯內，癱軟的安東尼，僅剩殘喘的瞳孔，朝下看著電梯井的夢芳。隔層似窗，一天一夜無進食。眼睛各自失神，各自蟄伏，各自找到適當的視線角落進行冬眠。交換的訊息，不再是如何隔著玻璃快速把兩人共同憧憬過的事情做完，而是人類初始的需索，活下去。

邱桑站崗一側，一動也不動地看著他們枯朽。

他手裡拿著遙控器，負責每十分鐘降低電梯一吋，直到夢芳吐露藏畫處，或者血肉模糊，邱桑當然不希望兒子屆時只得到一具屍體，然而跟尤易威打包票協助潛逃出國的優厚條件比起來，屍體畢竟只是屍體了。

尤易威沒說錯，她是被挑中的那個人，只有她能從雲彩中看到那一雙蝴蝶的眼睛。

既然偽畫令她神迷，找到真畫究竟有何意義？

永恆。為了永恆，五年前的那一天，她聽從K，自願拘禁於鋼筋裸骨，牢抓鋼條，鋼筋螺旋親吻指縫彷彿戴滿鑽戒。周圍充盈澳洲森林蕭條的空氣，蟄音此起彼落。

他一直觀測著兩個女人，誰先進入成蟲期。

**阿芳，妳要離開了嗎？**

**以後不管跟誰做愛，都要想起我。**

為了救她，Joy赤手空拳來到澳洲，她身歷過夢芳的一切痛楚，她亦深知除拭刺青將產生的可怕後果——但，還能怎樣呢？兩個女人身上都有那麼一個記號，一個何以受蝴蝶魅惑的弱點，因為這樣，手牽手全身而退是不可能的，就算最後只有一人離開，Joy拿自己來換夢芳，也在所不惜。

「夢芳，這裡不是體育館，不要想球賽比分，不要張開耳朵，不要聽蝴蝶說話……」

對Joy來說，蛻變的意義不是蛻化為一隻蝶，而是擺脫K。唯有完成幫助夢芳脫身的使命，Joy才是完完全全擺脫了K，繼而成為一個完整的女人。

暌違五年，鬧出人盡皆知的新聞，Joy回來了，她以成蟲姿態，對夢芳提出警告。因為這樣，K，也回來了。

夢芳能想像，當順源爬上Joy的床，Joy是如何強抑體內輕易將這男孩撕碎的獸性，試著不傷順源一根寒毛。她只是弱女子似的適度掙扎，換取順源的殺戮。為了收緊利爪，她甚至把手指頭都憋斷。直到順源以那一股精蟲灌腦的蠻力，將她勒死。夢芳能夠想像Joy靈魂像隻蝴蝶往上飛升，看著自己的身體，與男孩交媾著，這是一種最原始的重生之美。

原來，認輸，也是一種美。

一層又一層，Joy在蛻變。這是夢芳終其一生，奮力踮跳也摘不到的勇氣。兩個女人，對蛻變的定義並無共識。至少夢芳還沒發現她的。

她不知道，那幅名畫能夠助她脫身，還是讓她越陷越深……

「我不想變成Joy。」

**妳不想都沒得商量……**

「讓我死，放他走。」

**還這麼快就認輸？蝴蝶看著妳呢，妳不做點什麼，它不會移開眼睛的。**

「房子越長越高。天空，也越來高了。」

**打起精神，阿芳。重頭戲還沒到。**

「我不想玩了。」

**飛的方向……**

視線朦朧中，K依稀走動於二樓玻璃牢外，往返踱步，對她微笑。

夢芳轉開眼，密閉的玻璃牢，迫使她勉力遠望，落地窗外，正好是泳池，玻璃牢夠安靜，她有理由相信室外泳池平靜地洶湧著。夜空非全然烏黑，她意識沿著兩邊流線對稱的池壁移動，正中央則是兩個跳台，陽台正前方則是兩株高聳的椰子樹，旗幟似的外彎、垂晃。這格局、輪廓，教她越來越不安，體內尿液湍急了起來。

曾經看過一隻棲息石岩的蝴蝶，尿尿。越美的蝴蝶尿得越久。

砰砰砰——

安東尼抽搐、嘔吐。拍打電梯底部，嘴裡念念有詞：「告訴瑪亞，我愛她，幫我跟她說對不起！」安東尼雙眼無神，囈語毒蛇蜈蚣似的不斷爬出口鼻。

夢芳將旗袍裙縫一撕，大腿跨貼底面，她窮盡所能，特別是僅存的性感，來拯救一個男人。他的各種需索，她都當作遺願來虔誠服侍。

假如這一切對安東尼來說具有確切意義，那一切就不晚。根本不晚。

「安東尼，是我害了你……」

他拍打玻璃板，要她讀他的唇語。

「如果妳活下來，拜託妳一定要跟瑪亞說。」

他左手支著玻璃地板，慢慢轉。這位愛爾蘭男子想要用身上僅有的觸覺充分感受這一個世界，他像鐘面秒針慢慢地旋轉，數算圓周率。一個朝天的圓形鐘座，他要用自己的方法，宣告時間存在的方式。

他們只知道，有個方向名叫死亡。

在死前，夢芳寧可模擬安東尼的感受，順著他一起轉。疲憊到無法再恐懼了。夢芳的光腳，沿著電梯井的內壁，慢慢搜尋，每一道鐵痕，那對他來說宛如家鄉國度，那些因鏗鏘而美麗的生命撞擊，想像安東尼跟隨著爸爸打著赤腳，涉遍險路絕境，身困時間的中央對他來說根本不足掛齒。

突然，腳趾尖，停抵一個小小的方槽，她閉上眼，攤開腦中畫布，憑藉因飢餓而越發敏銳的趾尖觸感，模擬它的樣子。

「我找到了──」她微弱嘶喊。

# 第二十四章　給蝴蝶一點時間

餐車緩緩拐出，案情的曙光令芝學筋疲力竭，她掙弄安全帶，為無所不在的癢。

開了幾十公尺，程爾不得不將車停靠路邊。

——妳要休息一下嗎？

她搖搖頭：「我知道為什麼突然變這樣。」

他將火熄了。

「葛夢芳說過，那個名叫 K 的惡魔，是個建築師、生物學家，他是整合她生命碎片的藝術家。一定也是病理學家。」

說著，芝學摳了摳前臂一顆頑劣的疣，彷彿指尖一向認得它。

「還記得小時候，第一疣冒出下巴，我升國中，大家笑我冒青春痘，這一顆疣不癢，但就是想摳。我媽說那是雞眼，對他們來說，疣這個字真是太遙遠了。」

她自嘲著，「我也真好笑，活到這把年紀，成天追著立委跑，這回連總統套房都進不去。你想一下，富豪體驗一夜五十萬的鑲金套房，還要走過監視器，萬一他帶的不是正宮呢？」

她探頭看看了高聳的名流飯店，斷然下了結論，「一定有密道。」

說完芝學開了車門，往飯店蹣跚前進。

程爾追上去。

「夢芳，我真的喜歡用另一個新身份跟你說話，不必經理來經理去，舒坦多了。」

尤易威細細撫劃鑰匙孔外緣，一抹笑飄飄然爬上他嘴角。

夢芳筋疲力竭，毫無反擊能力，她的手，被瞬間膠牢牢黏在電梯井對重鐵塊下的緩衝器，一旦電梯上升，手掌勢必瞬間粉碎——困在電梯內，嘶吼不休的安東尼，早筋疲力竭。隔音良好的水晶電梯，教他語出的一切毫無作用。

食指一按，指紋感應器亮開，透出乍醒的九隻眼睛。

更興奮了。尤易威一鍵又一鍵，慢慢按，像註記這些日子每一階段。「我必須說一件我自己都難以接受的實話，小不點很像妳。我擔心她越來越像，我必須帶她走，而妳必須死，希望妳死後，把呼出的二氧化碳全部帶走。」

話完。嘟一聲。

假密碼瞬間燃盡他殘存的笑，尤易威瞟向夢芳：「葛夢芳，死前眼中的畫面由不由妳選擇，就看妳表現了。」

「讓我死吧，我沒力氣聽你說話了，讓我死。反正我都是要死的。」夢芳氣若游絲。

輕鬆拎起她頭髮，尤易威眼珠往玻璃電梯斜射，下達指令。

只見邱桑扼住安東尼脖子，夢芳直視那粗碩姆指下脆弱的動脈。

「我說。」

話完，空氣復而流動。

夢芳一字一字將數字吐出。從她語氣，尤易威一聽就知道是真的。很快，保險櫃喀一聲解了鎖，亢奮一時的尤易威換以膝蓋將夢芳壓制在地，牙齒咯咯打顫迴盪於乍開的洞孔。

鐵洞像個深不可測的寄物櫃，裡頭迎來不見五指的黑。猶豫不是沒有，他伸長手，往內搆弄，為了鎮壓心中忐忑，他牙齒停不下來。

揮著揮著，略略摸到，是個卷軸，定定插牢未知彼方——也可能是另隻手抓著它——惟確定另端有股力量隱隱跟他抗衡。

尤易威不確定該不該用力拉，但兩眼狂喜的他，無暇多思量一秒。

直到他搆到畫，試圖抓緊，卻怎麼也拉不動。尤易威咬牙，恨意自牙縫一字字吐出。

「夢芳，妳精心弄出一個殺人選項給我，幫一個人離開地球的創意，不必動手，只要賭一個或然率，就像一天一瓢鹽巴，鹹死一條人命。當初，玉禎因為脊椎壓迫，半身不遂，成為一個情緒起伏不定的女暴君，那段時間好難熬，我被逼到想帶著她一走了之。」

手與畫接不到一塊，鬆掉後他脹紅臉，咬牙再伸長手奮力搆弄。

「直到那次會議，妳丟出樂齡套房的創意，讓我起念動點手腳，後來，我恍然其實妳也想用相同方式，奪走妳媽媽在這個世界上的最後一口氣。」

持續逗引著畫，他享受這若即若離的粗暴，與指尖不菲的價值。

「但夢芳，我真的跟妳不一樣。當我看到玉禎恐慌、掙扎，我巴不得那是妳。既然妳把我推入這個選項，這也代表，妳跟安東尼都不會活著走出這個地方——」

順著咬牙切齒的臉部肌肉，他奮力一抽——

一隻手強壓他的頭，致他跌坐，夢芳跨坐他頸項，趁勢將手鑽入黑洞——

「夢芳！」只見安東尼淒厲大喊。

看著邱桑一刀抵住安東尼頸子，命懸一線，她猶豫一秒，糾起眉頭，猛力一拉。

〈鑽石〉來了——

嘩啦嘩啦。他們都聽到了。

隔牆衝灌而來，當夢芳弄清楚剛剛觸開了一道阻隔泳池的水閘，電梯井已灌滿了漩流。

剎時灌滿尤易威口鼻，擺動雙臂，分不清為了求救，抑或划動身體。

透過眼眶裡的星海，他彷彿透過急迫的生存本能，欣賞太太完成那一道點心。那個擦拭手的步驟，讓玉禎輪椅扶手勾住了高腳椅背洞環，精心縮減的寬度，精心設計的轉角，終於，玉禎卡在流理檯掙扎不斷。

尤易威鬆開滑鼠，一陣亢奮，快手撥通電話，眼睛沒移開居家監視系統，響幾聲後進入答錄機，他朝話筒裡播放女兒求救聲音。

「媽媽救我，我被壞人關起來了，快叫史迪奇來救我！媽媽——」

眼睜睜看著玉禎焦慮、掙扎。心臟靜止那一刻，一切都對了。

不，小不點，我沒有殺妳媽媽。這並非精心佈局。只是那天一到，突然就用上了。

眼耳嘴入了水，狂勢襲湧，教尤易威無法言語，無法露出演練好幾個月的得逞笑容。有個力量推擠他，掐住他脖子，手鑽入他口袋。

頭才露出水面，尤易威便看到水晶電梯往下降，強壓他頭往水底下沉——

透過水紋，他看到夢芳身體掛著對重鐵塊天使般往上升。

酸液噴湧，他狂咳。

醒來發現自己平躺地毯，身上浸滿水。

「我把這對狗男女搞定了。」邱桑離開他嘴，稟報道。

「葛夢芳在哪裡？」

「那裡。」

他破水似的起身，濕淋淋踩向總統套房大門那道紅外線築起的窄道，縮身於角落的夢芳，一分鐘前闖入監視器領地。

她辦到了。這一步，足足跨了數月之久。

尤易威看著她手上緊握的柱狀物品。

「夢芳，妳把畫留下來。我們把錢平分。」

他不敢靠進一步。

暗處她搖搖頭。

「我對妳做的事很惡劣，我承認。」

「你該承認的可多著。」

「我知道妳寧可分文不得，也不願跟一個爛人分贓。」

「你錯了，我寧可死，也不跟一個色鬼人渣分贓。」

「這不是不能彌補，孫董不也解救妳了？」

「尤易威你真的好噁心，希望泡完水你陰莖長蛆。我是當了歐雪帆特助，我是咬牙苦幹只想把你那副髒臉忘掉。你這畜生卻不放過我，糾纏不休、越界打壓，處心積慮置我於死地。你以為我為什麼苟延殘喘那麼久？不就為了看小不點認清她爸爸真面目？」

「好，妳寧死也不跟色鬼分贓？這我可以幫妳。」

「真的嗎？看看這個……」

尤易威看到黑暗中夢芳一笑，並將卷軸撕開。

「妳不要亂來。」

「我一向亂來。」

「夢芳。」

「你不夠格叫我。」

當她手指觸摸到畫，感受到一股由下體湧上的電流——那一刻，她確定是真畫。

「夢……」

水晶門一聲巨響，綻裂出一面蜘蛛網，再一巨響，夢芳一震，一股不明力量要將電梯給摧毀——

「安東尼……」

然後她看到一張被毀容的臉。

順源丟下斧頭，使出甫成年的粗壯臂力，將疲軟的安東尼從水晶大洞拎進總統套房二樓，摔至大床。

虛弱的安東尼無法吶喊；夢芳眉心多出一個抉擇。

就在這時，燈光瞬暗，夢芳身後的大門，輕輕喀一聲，開了。

尤易威衝上前只差一個念頭。

逃脫輕而易舉，但襯著月光，只見遠遠順源舉高斧頭——

「安東尼！」

夢芳拔腿跑向安東尼，砰一聲被絆倒，黑暗中卷軸不見蹤跡。

安東尼躲過第一道落下的斧頭，當順源再度舉起。夢芳已現身在旁。

「順源——」她沿著他手臂、手腕，安撫他將斧頭放下。「你要什麼，夢芳姊姊都給你。」

「夢芳姊姊……」遭強酸吻過的少年聲音，掙扎著開口，「爸爸剛剛要殺妳……他不可以……」

「順源！爸爸在這裡，順源……」邱桑沿著一旁階梯爬抵二樓，慈祥地呼喚：「順源！」

「他不可以……」

一個尖銳物令邱桑停步。他發現兒子手持十字弓，抵住他眉心。

兒子退了兩步，細細瞄準，也像給爸爸逃跑的時間。

再退三步，給箭一點加速的距離。

「順——」邱桑聽到自己腦門像顆頭痛的鬧鐘，鏘一下激盪出神諭般迴音，行將為他解答一切生命疑慮，一把箭插定眉頭跟他眼對眼。

辛苦多年，邱桑終於可以休息了。

「順源，你殺了你爸，那是你爸啊！順源——」

「我爸要殺妳。不可以。」

順源喉嚨滾動一圈圈嚎叫，漆黑中朝她逼近，「他不可以。」

「順源，不要，把武器放下，順源。」

「夢芳姊姊，妳騙我……」

順源將眼底濡濕的殺機，轉移到安東尼身上。

「順源，殺我吧！先殺我——」她嗚咽著。

「夢芳，答應我，永遠不要叫我的本名。永遠不要。」安東尼朝她虛弱喊道。

驚懼中，夢芳瞥及窗外移動的光彷彿一隻巨大螢火蟲。

咻——

安東尼死了嗎？

不。是蝴蝶閃爍翅膀。

仰高頭，夢芳感受到牙根往牙齦內迅速抽長，狂勢劇痛吞噬她的頭顱……

蝶眼一左一右瞪出她耳道……

順源安裝下一根箭，他不是第一次將箭對準安東尼，但這回，雙人大床上虛弱的安東尼，一點都不像移動的標靶，一指斃命毫無難度。

快得第二分了，順源。

哈哈哈，只消一根手指，他可以馬上佔有夢芳。

馬上。

他該迫不及待，還是享受一下這倒數之美。

**蝴蝶飛呀　就像童年在風裡跑**
**感覺年少的彩虹　比海更遠　比天還要高**

順源循聲張頭探找。

發現沒錯，那是夢芳姊姊的歌聲。

好久以前，夢芳姊姊曾這樣輕撫他額頭，守護他睡去。

**蝴蝶飛呀　飛向未來的城堡**
**打開夢想的天窗　讓那成長更快更美好**

拉鍊唰一聲為歌聲收了涎，他意識到自己褲襠，隨著一個女人的黑影，打開，陰莖好奇地露出頭，呼吸外面世界新鮮空氣。

好舒服，順源嚥嚥口水，硬了，鬆開弓，乘著蝶翼飛出窗外。他雙手抓緊韁繩，夢芳是他的馬車，潺潺溪流往外流淌，傳送感官的音符，好軟，好香，此時此刻，他什麼都不想說了，就是這個感覺，夢芳姊姊，就是這個，謎底解開了。

就是這個……

啊——

一陣劇痛將他拉返這個世界，彎曲膝蓋，緊捂下體——一隻蜈蚣急速竄入輸尿管，咬破膀胱，撕裂前進，乃至佔領全身，「爸，我痛啊，讓我死——」當立即死去這念頭直竄腦門，他無從辨識周遭環繞的炙燙火焰，是不是要來把他帶去地獄……

**阿芳……**

「不要叫我！」

**阿芳……**

「不要再叫我了！」

**給蝴蝶一點時間。**

夢芳攙著失去意識的安東尼，站上套房夜宴二樓露台邊緣。

火舌熊熊吞噬套房一樓，緩緩往上擴張，即將殲滅一切——那是尤易威不得不然的決定，如果她是他，也會這麼做，他贏了，嚓一聲，火柴笑了。

腦壁貼滿蝴蝶的眼睛。眨呀眨。真美麗。

什麼時候，視網膜的一切，會濾化如複眼？薄紗披落臉頰，看出去的一切，蟬翼似的輕盈。

瞳孔殘留 K 的尾音，她要當俯衝的蝶。

那一定很美。

她往外碎步挪動，十二樓下的中庭，擠滿驚慌人群。還會更多。

嗯，還會更多，更慌張。她用力呼吸，想著愛，吸滿飽飽的愛，存放肺裡。

準備飛了嗎？安東尼。我的愛。

一起。我們一起。

# 第二十五章　他懂妳

「欸，妳剛剛被那個先生勾魂了啊？阿芳。」

「哪有，別亂講。」

「少來，瞧妳那表情——他剛剛買什麼香水？」

「愛馬仕大地男性淡香水。」

「天竺葵那款？他還真懂妳。」

「我想他一定從事藝術工作。」

夢芳沒猜錯。他離去的身影有股香氣喚住她，她沒苦思太久，憑著敏銳直覺，她研判是一種花香。

商場中央的週年慶氣球冉冉上升。

夢芳無法停止想像男子身上的香氣，噴上剛剛選購的香水，調和起來，會如何充盈工作室。

她從這一刻，開始傾聽採蜜的聲音。

女孩們著迷K的故事，尤其求學歷程，好比K二十出頭赴荷蘭念建築，與一位藝術系室友同住長達一年之久。當那位美國室友陷入了繪畫的瓶頸，掌握不了美學理念，迷失於風格的歧途，K打開他的藝術之眼，改變他的藝術生命。

女孩們完全不懷疑K有這樣的能力。

K亦精通物理學、心理學、醫學，收藏標本，精於將跨門學理貫穿於藝術形式，他更善於讓女孩們憧憬如何以肉體，掙展成一尊藝術品。「一尊」是暫且的量詞，如果她們願意，一幅、一座、一場未嘗不可。

蝴蝶飛繞同一種花香。

K能幫助夢芳擺脫慢性病纏身的櫃姐身分，儘管那意味另一場大病。她期許自己有朝一日能夠展開雙翼，高高飛過山脈。K為他的女人設下一條路徑，以美感、美學，幫助她們深入自己的陰核，撲飛雙翼，探索那從未抵達的高潮，可惜女人沒機會目睹自己瞳孔燒炙成火紅……

那一瞬，定格了永恆的信仰；有人說那像金字塔。

女人咬破食指，寫下K。

似一隻蝴蝶，從側棲息聳立的莖。

這字母，比J，比R，更美。

不論飛走多遠的蝴蝶，皆須以另一種方式回返。否則他就不是K了。

好比毒癮。掙脫多年的夢芳，不可能沒想過，假如，能夠再炙紅一次。多好。

一次就好。

「夢芳。」

「嗯？」

一次就好。

「在想什麼？夢芳。」

一邊前進，一邊視情況停下歇腳。

「喔，沒什麼。」夢芳擠出笑，「你腳還好嗎？」

「沒事。」他臉上是風化的痛。

真傷那麼重，還是裝的，安東尼自己都說不上來，惟精神莫名飽滿。

夢芳看出，安東尼的記憶，被挖空了一大塊。他甚至不太記得有人拿十字弓對準他太陽穴。不記得自己如何從十二樓送死飛下。他現在看起來就像個對遊樂園意猶未盡的男孩，身上零星的痛，大抵是狂歡的證據。離開大飯店，完成一件壯舉，不來一點痠痛還嫌不過癮。

其實不確定該走往哪兒，藏匿大安森林公園裡，她能想像林木間閃露不明獸眼。邊走邊環緊上身，沒關係，順著昆蟲脾性，往光亮的方位步行，越安全。

沒有牽攬、攙扶，沒有依偎，另一邊情勢未明，揣著不宜肢體觸碰的默契，避嫌，也為安危。

就這樣，不管傷口多大，都算小事，結完痂，小事化無。

精神莫名亢奮，也不特別餓。

扶著草地邊一塊大石，夢芳坐下。

「這給妳。」

「這什麼？」

「我剛從冰箱拿的。」

剝開包裝紙，起司條融化舌間。兩天未進食，舌面麻痺有如冬眠的地墊，對美味提不起勁。

多聊都是輕舉妄動。默默進食，才是接下來幾分鐘該謹守的分寸。這些日子，她跟安東尼太謹慎、太多疑，彷彿科學家習慣手執一本想像出來的便條貼，一張張為事態貼上觀測紀錄，以助情勢順著劇本走。

咂咂舌頭，看安東尼襯衫綻裂，夢芳心底微笑，想著自己也曾與安東尼春宵一度，揮不去心中K的笑臉，導致誤傷程爾，甚至意圖拋下一切，一走了之。有股力量推著他們演完這齣戲。

心一顫，「人來了。」夢芳警覺。

有動靜。

兩人快速埋伏至一旁林木。

慢慢，一人影由遠而近；直到他倆認出是自己人，便起身往中間會合。

一陣腳步聲氣沖沖逼近，黑暗中一巴掌甩過她臉。

「妳知道路人拍到什麼？妳非得表演一場高空彈跳？妳就是越笨越瘋，當初找我當妳同夥，成天冒一些沒意義的險，發瘋當浪漫？當初還擅自提前兩天匯款，害我們措手不及，說妳神經病還算客氣的！」

說完Rex打量兩人一身狼狽。

「你們怎麼到這裡的？」

「坐啞巴的車。」

「車？」

夢芳深吸口氣，將話擠到喉管。

「跳下來後，我們都昏過去了。啞巴不知從哪冒出來，將我們丟上車，車速很快，安東尼先醒，也把我搖醒，我們打開天窗，跳車。走到這裡。」夢芳面無表情句句帶過，她刻意不喚安東尼本名，她答應過安東尼。「啞巴應該沒發現我們逃了。」末了補上一句。

兩人刻意使用中文，安東尼無從打岔；事實上，站開五步之遙的安東尼也未對那清脆巴掌表示異議，宛若夢芳對他而言不具意義。假如懂中文，他會知道，夢芳使用「啞巴」二字，純為鬆綁Rex戒心。

「難怪他昧著良心都要幫助你們脫身，這啞巴一輩子交不了幾個知音，有人卯起來騙他，他何樂不為——什麼菜都做，自己倒獨享一頓斯德哥爾摩全餐。」到手的錢讓Rex越罵越忘形，卻又淡淡地下了結論，「畫我拿到了。」

夢芳剛剛也看到了，疲憊之故，反無興奮之情。

她的麻木讓Rex火上加火。

「我一聽到警報立刻就幫妳關掉總電源，妳還不快閃人？」他再看看安東尼，雖講中文，但他還是刻意將聲音放低，「為戰友賣命也得有限度。」Rex深吸口公園的空氣，咬牙切齒：「尤易威這個大壞蛋，值得每個人去恨。他買通老賴，刪了他囚禁小不點錄她尖叫求救的畫面，還要我揹鍋，害我升遷不了。我恨，但力氣有限，所以我選擇跟妳合作，把恨換成錢。好險尤易威夠聰明，想得夠遠，才順利中計。其實，關掉總電源後，我也不確定妳有沒有拿到畫，好險，我事先料到尤易威死也不會割捨桌球套這個戰利品，我跑去置物櫃堵他，結果中了第一特獎。」

Rex見夢芳、安東尼默不作聲，問了：「高興一點啊！你們是不是心不甘情不願才把啞巴打發掉？」

「你那麼聰明，自己判斷。」

「雖然我查過他底細，我們都知道啞巴能幫妳，也能害妳。好在，他自己最後做出選擇——」

「別再叫他啞吧。」夢芳終於受不了。

「不然叫他司機嗎？」

「底細不代表什麼，沒人確定他是誰。」

「所以假戲真做最保險？」他睨了安東尼一眼，「哈，終於可以在一起了。」

這濃墨的夜，越問越看不到盡頭。

「剛剛葉大記者開直播，幸運的話，你們可以看看啞巴最後一眼。」

Rex掏出手機。不等誰同意。葉芝學嗓音很快覆蓋了寧靜的夜晚。

「這裡是《迅周刊》的直播現場，地點在名流飯店中庭，我是特派記者葉芝學——好不容易有畫面了，位於台北市東區的名流飯店整棟大樓斷電，並且響起了警報器。」

「剛剛飯店一片混亂，所幸沒有人員受傷。因爲現在是晚間十點，所以找不到發言人，請大家爲我加把勁——是中央電源被切斷了嗎？起火點在十二樓的夜宴總統套房，爲什麼我確定是那裡呢？幾個月前，我曾經來到名流飯店採訪，高高望去，現在您現在看到的這個起火點就是遠近馳名的名流夜宴，那個傳說中即將掛上三十五億名畫的天龍國皇宮，據知近日夜宴將整修完畢，重新開幕剪綵，現在發生這——」

「相信剛剛大家都有聽到尖叫聲，我們現在畫面裡面看到總統套房露台外，明顯正站著兩個人，他們困在裡面無法脫身，消防車剛剛已經趕到，雲梯還在準備——雖然這個視角不清楚，但我可以搶先爲大家確定那兩個人的身分，一位是前陣子鬧出新聞的葛夢芳，另外一位外國男子上一期《熱卦追蹤》也報導得很詳盡，但是他們爲什麼會出現在上面呢？究竟——啊——」

「據剛剛畫面所示，他們從樓上跳了下來，掉落在——掉落在……」

「程爾！程——你在幹什麼？」

「一台粉紅餐——粉紅色廂型車將傷者緊急送醫急救，車不見了，警察現在剛到！經過了這一夜，名流飯店何去何從？我們可以確定，風風雨雨不會在今晚結束，我們現在——咦，那位是尤經理嗎？我們找到關鍵人了，這一位是名流飯店公關經理尤易威先生！尤經理請留步，你出現得正是時候——請問起火點爲什麼在總統套房？」

「別吵，我在找人！」

「找誰？我幫你找！」

「少煩我！」

「你不是自願離職？半夜跑來這裡？」

「不干妳的事！我不以個人身分受訪。」

「是嗎？請問你嘴角瘀傷是出於個人身分嗎？如果是的話，爲什麼你這時會現身飯店？」

「你們這些記者不要捕風捉影——」

「你渾身濕透做何解釋？」

「解釋？我呸！」

「你身上爲什麼有汽油味？警察，你們快抓他！——啊！別搶我手機——」

芝學撿起手機，提頭，尤易威已不見人影。「剛剛那台餐車呢？」她攔下一個人。

「我怎麼知道！」

「沒看清楚。」另一個說。

廣場散佈恐慌的住戶，目光一致投向十二樓夜宴套房熊熊火光——芝學低頭看手機，多出一道新生的裂痕，將烈火劈成兩半。

「程爾！」芝學想起餐車，張望著，「程爾！你在哪裡……」

她重新奔向飯店樓側，力氣一步步快速流失，哪還看得見餐車蹤影呢。

「程爾！」她跌跪在地。

累了一夜，如果沒人來攙她，她是起不來了。

霎時，她只有一個念頭，有人贏了。

是誰呢？

遠遠看到一個男人氣喘吁吁跑過來。

是誰？她抬高頭，瞇起眼。

「你跑去哪裡？」

「我也在找妳！」程爾一臉茫然。

「剛剛那不是你？」

程爾絕望地搖搖頭。

「他們把餐車開走了？」芝學追問。

「我沒追到。」

「誰搶走你的車？是夢芳他們？」

「我不知道。」

「你以後怎麼過活……」恍惚地吐出這句話，芝學恍然自己早憔悴得像一夜變老的女人，「有一天，姑丈來了……」

「我們快！」

「你到底有沒有在聽我講話！」芝學沒命地抓癢，只有癢刺激得了她提神，「讓我說，我一定得說！」連滾帶爬，摸著路階，跌坐。

「有一天，姑丈來了，他告訴我說，這種雞眼，要用手去按，去揉。」她癢到忍不住拍打地面，「我當時好天真，真的信了。他手伸過來，說這顆也要，那顆也要，還有那顆……你別看我得理不饒人，我特別容易輕信別人。我也信了葛夢芳的話，跑去找她那個K，找那個邪惡發源地，你一定不會相信我看到什麼……」她瞟向十二樓，一聲輕笑將恐懼擠落。

「八年前我就把那顆疣給雷射掉了，前幾天，疣竟然又原位冒出芽來，是全新的一顆。程爾，你告訴我，那原本那顆，跑去哪裡了？你可以幫我找？我手機摔裂了，不知道能不能打……幫我，程爾求你，幫我……」

語無倫次的芝學，慌亂將手機塞給程爾。

程爾忍住鼻酸，低頭看手機，發現果然斜飛一道裂縫。熊熊火光彷彿那道縫的翅膀，翩翩飛舞。

程爾看癡過去，後猛然一怔，他迅速搜尋夜宴套房平面圖——他閉上眼睛，彷彿看到陽台空中花園，那個泳池儼似一隻往樓外飛去的蝴蝶，他提頭望，兩棵對外鞠躬的椰子樹，他幾乎可以想像一雙椰子樹像蝴蝶頭上的觸角。

猛然睜眼，憑藉直覺，他手指滑向平面圖上那條介乎泳池與電梯的路徑，宛如一種功能不明的秘道，化入他指尖。他說不準它以什麼態勢存在，卻確信夢芳飛墜而下的特技儀式，與它有關。

「一隻蝴蝶在巴西輕拍翅膀，可以導致一個月後德克薩斯州的一場龍捲風」這種說法他當然讀過。

但要產生高空墜落的氣流阻力，絕非只靠一隻蝴蝶。

他移動腳步。

「程爾，別丟下我！」

只消幾步，他望見不明管狀金屬，垂直攀附樓側。他往金屬管下不明黑暗處走去，看見一台子母車。

果然……

# 第二十六章　妳懂他

Rex熄掉螢幕。

「剛剛直播有死角，沒拍到你們送死的角度，你們到底跳到哪去？」

「你怎麼不評論尤易威氣色如何？」疲憊的夢芳，淡淡轉移話題：「尤易威殺了一個鑑畫師，冰進冷藏室，臨走又把屍體拖出來，吩咐邱桑放一把火，他應該也沒料到邱桑會死，你也沒料到吧？我冒命送死，你倒風涼話一堆。」

Rex聽完，禁不住環抱上身，發抖。

「那……他怎麼處理屍體？」

「記得施工期，歐雪帆視察夜宴套房，說冷藏室太大了，又不是衣帽間。眼看要改也太麻煩，尤易威便擅作主張，請工頭弄個活動置物牆，隔掉三分之一。那隱密的一坪大小，冰五頭豬都不是問題。」

Rex吐出一寒氣。

「那鑑畫師我見過，他不胖。香水味可以薰出一排香水蛋糕。」他咯咯發笑，以驅趕抖顫，「愛馬仕，如果我猜得沒錯。」

只見夢芳扶住頭，步伐不穩。

「你還好嗎？」

那香水名字——倏忽間她拔腿想跑，黑暗中一股力量卻讓她移動不了，夢芳才意識到是安東尼趨前扼住她那隻意圖竊畫的手。

夢芳叫痛。Rex二話不說，一拳讓她更痛。

「尤易威沒讓妳死，我幫妳！」

「你不要賣，Rex，我想得到這幅畫。你要多少錢，我給你。」

「給我？妳給得起嗎？」他氣瘋了，「妳好大膽子啊妳！」

眼看Rex扼緊她頸子。安東尼鬆放夢芳手腕後隨即撥開Rex的手。

**阿芳，不是講好了嗎？**

「不要以為妳提拔過我，我跟妳早就沒什麼知遇之恩了！」Rex氣不過。

「我……」

「妳要畫是不是？我攤給妳看最後一眼！」

Rex激動地將卷軸撕開，痛快迎接一場偉大計畫的最後衝刺——

抽出畫，攤開。

三個人一動也不動。

歐雪帆跟她的愛犬，自畫中笑望畫外他們。

孫董擺了我們一道。這是夢芳心中第一個念頭。

這張水彩畫，筆法匆率，街頭速寫似的交差換錢，神態是有的，歐雪帆畢竟是名人，任誰都能憑記憶勾勒入神——至於那狗，儘管是幼犬，相信任誰被那雙炯然目光瞪視，都要心驚三分，畫家指掌間的驚怖，都透過筆尖存留下來，這就是美學。

當然，夢芳不會忘了牠。

安東尼咒了一聲愛爾蘭國罵，教Rex忍俊不住。

「哈哈，看你們緊張的。」眼看夢芳扶著喉嚨，Rex改講英語，「你們以為我會把真畫帶過來？」

「畫在哪裡？」安東尼也累了。

「哈。」

「在哪裡！」

「反正錢會讓你們看到。你們各自的機票我都買好了，我不會黑你們——你們死我也活不了。」Rex對著夢芳與安東尼之間那不尋常的胳臂距離，認真地點了點頭。「你們還有話要講？機場見。」說完他便從兩人中間穿梭而過。

餘留一點風。

「你還記得我們跟程爾來這裡擺攤的那一天嗎？」一分鐘後夢芳打破沉默。

「天都暗了我怎麼認得出來。」

「真的暗了，我剛剛也沒認出K。」

闃黑夜色掩護了安東尼的訝異。

「剛剛Rex提到愛馬仕，我更確定了，是K載我們來的。」

「K……」

「他昨天還是鑑畫師。」

那一位鑑畫師，不單眼睛法力無邊，他那背在身後的手，各個指節，幹過的大事，都遠超過你我想像。他悠遊於各種身份，化作各種嗓音，無數次進出夢芳腦際。

女人們叫他K。

是了。稍早她目睹玻璃牢外往返踱步的K，不是幻覺。

那迷濛眼神，千真萬確。

為了捉拿脫逃多年的夢芳，K目光對準歐雪帆。始於一場宴會，或許一杯紅酒，歐雪帆接續夢芳與Joy的身分，臣服於K的魅力。

總統套房、水鬧、密碼、一切，是多病而深愛歐雪帆的孫董，送給愛妻的愛情信物。而孫董選擇了較無痛苦的那一種死亡，以一條必然離去的命，換取歐雪帆的綻放。

一張蝴蝶藍圖，引領眾人逐步陷入迷陣，無法自拔，K創造出富設計感的蝶形泳池，適度加壓，透過甬道朝電梯井噴湧勁水——猶如剛羽化的蝴蝶成蟲，蠕動下體，排掉體內多餘的水份。才能展翅，才能飛。

夢芳飛下剎那間，炙紅了一瞬，鑄就一幅K精心籌劃的行為藝術。

真的，這是藝術品。

鑑畫師沒死。

K不會死的。夢芳懂了，她閉眼回想——

「你不是跟我一起摔下來的。跳下前一秒，K及時拉走你，帶著你就近從垃圾運送管垂直滑下……」

她能想像，為減低創傷，兩人一定裹了棉被，高速衝過歪曲的緩衝節，減緩重力。

安東尼衣服勾破，卻也平安落入子母車。也就在餐車旁。那一雙將她托扶上車的友誼臂膀，是K對程爾羞怯體溫的精湛模仿。多年後，K再度溫柔觸摸了夢芳，以友誼之姿，引領她，與她的安東尼，進入他一手策畫的遊戲。

真的，K完成了傑作。

是她決定一死，抑或K決定放她試飛？

**一旦妳相信自己在飛，便能安全降落。**

一如當初銀行內，她對著直播鏡頭，模仿賀玉禎最愛跟小不點玩的猜猜哪隻——若非這把柄，尤易威不會上鉤，不會踏進來玩這個遊戲……

大安森林公園寒氣颼颼。

「你好像一點都不意外？」夢芳瞟向他。

「夢芳，我是來幫妳的。」

「怎麼幫我？」

「我要幫妳擺脫這一切……」

安東尼聲音變小。

夢芳懂了。

「刺在哪裡？」她冷漠而絕望。

安東尼不語。

「刺在瑪亞哪裡？」

「腰。」

「是哪一種蝴蝶？」

「我不曉得，翅膀是紫色的。」

「亞馬遜紫蝶。」夢芳點點頭，「我懂了，你把腎捐給瑪亞。」

又是一陣靜默。

「所以你不能愛我？」

安東尼深知此時不宜傾前安慰她，只能求她：「拜託妳告訴我，K是怎麼控制妳的，妳當初又是怎麼逃離K的掌控，當初妳是怎麼成功擺脫他的！」

「我告訴你，就救得了瑪亞嗎？」

「夢芳……」

「你跟歐雪帆談了什麼條件？」

「她說，我配合妳把戲演完，K會視我的表現，放瑪亞走。」

「你以為把我送回K手裡，K就會把瑪亞還給你？」

「我別無選擇。」

「我懂了，你也想就近觀察，K的女人，怎麼發病，怎麼手到擒來。你一旦征服了我，說不定能得到K的力量。」

「妳別這樣說……」

「那你留在這做什麼？確定我會不會回到K手掌心？」

「……」

「放心好了，你陪我們玩了這一回合，功不可沒，他會用他的方式把瑪亞還給你。」

「什麼意思？」

「當他意識到我有跟他周旋的能力，越不可能讓我輕易就範，現在，我想回去都不可能了。」

夢芳垂頭，轉身。安東尼拉住她。

「夢芳，妳不要走，妳走了，我該怎麼辦？」

「你不說一句你愛我，我又該怎麼辦？」

「我……」安東尼深吸口氣，「妳告訴我，為什麼妳那麼想得那幅畫？那幅畫幫得了瑪亞嗎？」

「呵，〈鑽石〉。」

儘管心已被安東尼佔據，夢芳對〈鑽石〉佔有慾不減。這作品耗費了K畢生心血。當年身為K室友的伊恩菲利浦，K軟硬並施、循序漸進的精神操控下，一筆一畫，精進畫藝。

數年後，夢芳被囚禁澳洲森林，K逼誘伊恩強行進入意識矇矓的夢芳身體。經過銷魂、狂亂的一夜，伊恩醒來，天啟，他窮盡精魄，畫出了〈鑽石〉，一舉成名。〈鑽石〉是他們的孩子。這幅美，雜揉了夢芳痛苦、歡愉並存的記憶。畫中一切，勾起她靈魂深處隱而不宣的恐懼、矛盾與嚮往，那一片吸引蝶群趨前一探的森林氣息，便為她量身打造。

以畫捕蝶。K是永遠的共同創作者，他一開始就知道，價值與日俱增的它，假以時日將為他奪回曾經捧在掌心的女人。事實證明，夢芳有天賦，她辨識得出畫裡那片蓊鬱的蝶性——曾經夢芳以為，這幅〈鑽石〉才能引領她戰勝心中的魔。

不要緊。我還是想擁有鑽石。

「我還是要。」她擦去眼淚。「你放心好了，我還是要你。」

「我們一定要拿到鑽石。」

「我們？」

「救瑪亞……」

「我發病時，沒有人這樣愛我。」夢芳心力交瘁，「安東尼，你別否認，程爾讓我們有機會光明正大愛一遍，即使我們幾乎確定程爾不是假的，卻寧可假裝他是假的，只為了趁這機會去愛，告訴我，你跟我一樣，也這麼想過。」

黑暗中，她看不到他是不是哭了。

「拜託你……」

他的沉默宛如黑洞。

「你為什麼不騙我……」

假如此刻她哭跪在地。不遠處就是他的脛骨。那夜餐車底下，她腳趾滑過的頸骨位置，此刻一定帶有傷口。

一定有。她確信那是一口窗，別人卻堅稱那是一幅畫。

「夢芳，不管怎樣，只要妳記得，我們差一點一走了之。」

「嗯，只差一點。」

「那就好啦。」。

安東尼攙起她，對她微笑，宛若陌生人的善意，一切未曾發生。

他轉身，佯裝輕快往外走，拭去臉上不明液體，左張右望，直到走出公園都還想不起，餐車曾經停留在這座公園哪個位置。

怎麼走？

擺脫綠地後，安東尼才想起，剛剛步出出口，雙臂不經意擺晃，會不會被夢芳遠遠誤解為他以手語傳達了幾個字。這可笑念頭才激起一抹苦笑，他就目睹餐車自對面車道呼嘯而過。

震驚的安東尼，拔腿就追，求車停下，求他放過瑪亞。

愛爾蘭騙徒的呼喊響徹街道。

車尾燈消失在路的盡頭。

# 尾聲　最後的日常

餐車停靠時，汽油也差不多了。

稍早程爾在星期三固定營業的路口找到餐車。它就在那兒等著他，彷彿約定。

他少開一盞燈，車內卻莫名益發刺亮。他攙扶芝學趴伏窗邊，貼心將她挪向陰影一側。失而復得，換回一股哀傷。

依椅子擺法，程爾知道夢芳回來過，但他沒說。

「不必對我那麼好。」芝學說了。

疣連成的網，已牢牢攫獲她。倘若她倒下，也不至躺平。她就是知道。

「我很難解釋，為什麼姑丈將疣一按，我就順了他，渾身就聽那手指的使喚。」芝學抓握椅背，滑坐在地，咯咯竊笑，「夢芳身上，一定也有一個這樣的部位。」

芝學沒叫程爾去把它找出來，她雙腿內側貼地，異乎尋常的挑逗，彷彿隨時可以攀著椅子往上爬。

呼吸急促，芝學索性不說話了。

她以手語表示，自己喉嚨給疣塞住，痛得很。停了一下，又忍不住繼續告訴程爾。

「我想通了，我是葛夢芳獻給K的祭品。」

對這句話，程爾面無表情。

「那幅畫是假的，真正的畫藏在某個地方，不過，也不在了。」比完後，芝學手臂攬住椅背側柱，彷彿有個人給她靠著，她繼續比，「K跟伊恩菲利浦關係不單純。否則，那幅畫對葛夢芳意義不會那麼重大。」

程爾沒顯露太多訝異，只是點點頭。太多事令他頭昏腦脹，他很難解釋自己為什麼幫一個陌生男子將其中一名昏迷者抱上餐車，然後眼睜睜看他開走。

他直覺他在救他們，便做了。

「幫我抓癢。」芝學突來一句。

他停了一下。

「我去弄東西給妳吃。」

走向烹調區，程爾對著冰箱蹲下來，不意瞥見小熊貼紙正衝著他笑。想到那對活寶成天笨手笨腳，自己卻連他倆弄出的缺痕都沒親眼看過。程爾伸手撫摸，想摳，又怕撕壞。末了，他額頭傾前，緊靠那孤單已久的微笑。掉淚。

# 後記　麥特戴蒙會怎麼做？

猶記一張臉，為我寫作生涯定了錨。十歲那年，受《亂世佳人》絕代風華的費雯麗所深深震撼，日後創作小說，我總習慣將女主角帶入一張費雯麗的臉，「這樣比較好抓畫面。」理由倒很實際。

直到有天遇見葛夢芳，她清清楚楚告訴我：「我想撕下這張面具。」

那是二〇一八年八月一個燠熱午後，一封mail通知我《白馬騙徒》故事大綱與試寫稿從第一屆啟明出版計畫海內外六百一十四件參賽作品脫穎而出，勇闖前三名。當下我顫抖莫名，那代表若想拿下首獎，我得在年底將整本小說趕出來。

我不諱言，《白馬騙徒》初稿是為了拚獎金而在短短五個月內飆速寫就，也因此它內建了一望即知的速率（事實證明，追著它跑一點都不容易）。

不輕不重的八萬字初稿，儼如一部迷宮大全。

怎麼說呢？

獲得首獎我只高興了一天。隔早，我驚覺自己彷彿《絕地救援》麥特戴蒙躺臥廣袤火星地表，孤伶伶地醒來，放眼一片荒蕪，氧氣所剩無幾。

我的組員跑哪去了？

很不幸，只有作品能告訴我答案。

當時我意識到《白馬騙徒》故事雖具有厲害基模，影像感也強烈，可惜玩法不夠盡興，鋪陳亦須加強。生平第一次挑戰推理小說的我，勢必得潛入不知名的深處，解鎖複雜的遊戲規則與人物網脈，方能寫出我自己都讀到欲罷不能的成品。

麥特戴蒙會怎麼做？

現在想起來，與這文本的對峙、對決，已然定調為數年來的日常，《白馬騙徒》一點一滴捏塑著我這個不知天高地厚的推理新手，好奇心已然覆蓋好勝心，也當然，「哈囉，保溫冰，推理跟你想的很不一樣。」身為專職寫作者，三、五篇稿子同步進行是家常便飯。當我無可避免地以寫影評的濾眼，去嚴苛檢視自己的小說，可說充分實踐了火氣大嘴破不經意舔及的痛爽合一。幹，無法不對自己吹毛求疵簡直是自虐爽事。

有時一早打開筆電，無端扼腕解謎最佳時機偷偷來過，下午又發神經焦慮著我與筆下人物作息不同步該怎麼辦；換個角度想，創作者能遇上一個令自己發狂又甘之如飴的文本，夫復何求啊。

更何況，我有幸學著麥特戴蒙仰天高喊：「組員們，你們在哪裡！」是的，組員。我確切看到我的主角：葛夢芳、安東尼、程爾等人，以太空站組員的姿態隔空存在著。比起一睹作品最終全貌，我更企求得救的一瞬間。身為筆記控的我，以造物者之姿，將他們的步履從電子檔遷移到各種白紙、方格紙，抓起各種色筆，拉出唯有我懂的混亂線條，引領他們走出一條新路。是任務，是寫作的偏執，更不用說幾個後來被拔掉的要角所立下的開路功勞，有賴一個輝煌的抵達以證明他們來過。沿途練就的內功，我欣然收進抽屜。當然，我亦欣見一旦寫出了速率，就算擱筆暫歇，人物照樣《玩具總動員》似的暗地開派對——人設對了，即便書寫繞了遠路，都不難豐收賦歸。

這應驗我一貫的理念，寫作沒有冤枉路這檔事。不斷思索、推翻、修正，作品越來越好，手感越來越強。

深信有朝一日，我將走入推理世界的神聖殿堂，打開盒子，拿出一件袍子披上……有了上述畫面的壯膽，我試著跟那個難纏的葛夢芳一同坐下來，心平氣和地斡旋、談判，交換彼此弱點；當她識破我的孤單的同一時刻，我也不再孤單了。

接下來，麥特戴蒙會怎麼做？

二〇二一年十月，我坐在光復南路打卡咖啡館，著手第四稿（也是最後一稿）的翻修。茫視筆電一小時，正當準備敲下第一顆鍵，朋友傳 LINE 給我一段 YouTube 影片，是 Adele 新歌〈Easy On Me〉。

*Go easy on me, baby*
*I was still a child*
*Didn't get the chance to*
*Feel the world around me*
*I had no time to choose*
*What I chose to do*
*So go easy……*

聽到這兒我掩面痛哭。在我好不容易費盡心力摸清葛夢芳性格弱點後，她反過來透過 Adele 歌聲請我手下留情。

打字聲速速淹沒她的哀求……

麥特戴蒙享受那掙扎的美好嗎？

角色學會掙扎，意味一種進化。倘若我不是推理新手，或許我不會掙扎出浮誇的求生慾，我筆下角色也不會掙扎出這些清楚的性格。

每個篇章的漫長演進，每張文稿上吃力辨識的塗塗改改，與麥特戴蒙為擺脫火星所做的一切努力，本無不同。

閉上眼睛，我看到麥特戴蒙冒命刺破太空衣，強大氣流將他噴出太空艙，傾盡一切，只圖一個抓住救命之索的微渺機率……

太空中他的雙臂沉緩地掙扎揮抓，也像與某個看不見的誰神秘歡慶著。當結局到來，兩者再無分際。

一如麥特戴蒙與重聚的組員們一一相擁——抱完、抱夠，我放心地鬆開了夢芳、程爾、安東尼，放他們跟大家見面。

周旋那麼多年，相擁只有一瞬。隨著這一頁被讀完，將有一次次更深沉的重逢，聚集越來越多的你們，陪我回望這一切的起點。

至於前面提到的盒子，慶幸它夠遠。不再一個人，慢慢靠近更美。

2AF514

# 白馬騙徒

作者　陳韋任
插頁繪者　Yes
責任編輯　林亞萱
內頁設計　江麗姿
封面設計　朱疋

行銷主任　辛政遠
行銷專員　楊惠潔
總編輯　姚蜀芸
副社長　黃錫鉉

總經理　吳濱伶
發行人　何飛鵬
出版　創意市集
香港發行所　城邦（香港）出版集團有限公司
九龍九龍城土瓜灣道 86 號順聯工業大廈
6 樓 A 室
電話：(852) 25086231
傳真：(852) 25789337
E-mail：hkcite@biznetvigator.com
馬新發行所　城邦（馬新）出版集團
Cite (M) SdnBhd 41, Jalan Radin Anum,
Bandar Baru Sri Petaling,
57000　Kuala Lumpur,Malaysia.
電話：(603) 90578822
傳真：(603) 90576622
E-mail：cite@cite.com.my
ISBN　978-626-7336-62-5（紙本）
9786267336557（EPUB）
2024 年 2 月初版
Printed in Taiwan
定價　新台幣 380 元（紙本）／ 266 元（EPUB）／
港幣 127 元
製版印刷　凱林彩印股份有限公司

若書籍外觀有破損、缺頁、裝訂錯誤等不完整現象，想要換書、退書，或您有大量購書的需求服務，都請與客服中心聯繫。

客戶服務中心
地址：10483 台北市中山區民生東路二段 141 號 B1
服務電話：（02）2500-7718、（02）2500-7719
服務時間：週一至週五 9：30 ～ 18：00
24 小時傳真專線：（02）2500-1990 ～ 3
E-mail：service@readingclub.com.tw

※ 詢問書籍問題前，請註明您所購買的書名及書號，以及在哪一頁有問題，以便我們能加快處理速度為您服務。
※ 我們的回答範圍，恕僅限書籍本身問題及內容撰寫不清楚的地方，關於軟體、硬體本身的問題及衍生的操作狀況，請向原廠商洽詢處理。
※ 廠商合作、作者投稿、讀者意見回饋，請至：
FB 粉絲團：http://www.facebook.com/innoFair
Email 信箱：ifbook@hmg.com.tw



國家圖書館出版品預行編目資料

白馬騙徒 / 陳韋任著 . -- 初版 . -- 臺北市：創意市集出版：城邦文化事業股份有限公司發行，民 113.02
面；　公分
ISBN　978-626-7336-62-5(平裝)

863.57　　112021316